이름 : 망치

나이 : 견생 10년 차

성별 : ♂

품종 : 뭐가 중요해?

특징 : 엉뚱한 생각이 좀 많은 편.

　　　메모를 좋아함.

　　　개와 인간이 함께하는 세상을 위해

　　　약간의 도움이 되고 싶다는 소망이 있음.

망치의 개 그림 일기

글·그림

김충원

나는 '개'야.

강아지, 애견, 댕댕이 등의 호칭은 어딘가 불편하고 어색해서 별로 쓰고 싶지가 않아.
전통적으로 '개'는 여러 가지 욕설이나 부정적인 의미로 사용되기도 하지만, 개는 그냥
개라고 부르는 게 맞지 않나 싶어. 말을 망아지라고 부르지 않는 것과 마찬가지야.
게다가 요즘 '개'는 '개이득', '개좋아'처럼 긍정적인 강조의 의미로도 사용되고 있어서
그나마 다행이야.

내가 다른 친구들에 비해 조금 특별한 능력을 갖게 된 건 순전히 나를 먹여 살리는
내 반려인 '하비' 덕분이야. 흔히 사용하는 '주인'이라는 호칭은 내가 노예가 된 듯한
느낌이고, '보호자'는 어린아이한테나 쓰는 말인 것 같아서 동등한 느낌이 나는
반려인, 반려견이 적당한 호칭인 듯싶어.

아무튼 다른 인간에 비해 좀 색다른 성향을 가진 반려인 덕분에 안정적인 환경에서
많은 것을 배우고 익힐 수 있었고 '생각'이라는 걸 할 수 있게 되었어. 특히 내 모든
능력의 핵심이라고 할 수 있는 '관찰력'과
'호기심'을 키울 수 있었던 것 같아.
이 일기도 그렇게 해서
시작된 거란 생각이 들어.

나와 함께 살고 있는 반려 가족은 모두 7명으로
5살부터 90살까지 나이가 다양한데, 나의
인간 관찰은 이들을 향한 애정과 관심으로부터
시작되었어. 그중 5살 솔이는 만나는 순간부터
나와 매우 특별한 소통이 가능한 사이가
되었지. 솔이가 내 반려인을 '하비'라고
부르기 때문에 나도 언제부터인가
그렇게 부르고 있어.

우리 집에는 나 말고도 똥꼬라는 이름의 반려견이 살고 있어.
어릴 때부터 고집이 남달라서 '똥고집'이라고 불렀는데 시간이 지나면서
'똥고'로 굳어졌지. 난 수다 떨기를 좋아하고
외향적인데 반해 이 녀석은 소심하고 상처를 잘 받아서
좀 까칠한 성격이야. 아마 어렸을 때부터 병치레를
많이 했기 때문일 거야. 함께 산책할 때
빼고는 똥꼬는 주로 집 안에서 지내고
나는 마당에서 지내. 내게는 좀
특별한 친구라 할 수 있지.

3

우리 집은 2층 주택인데 동네 사람들과 반려견 친구들이 모이는
꽤 넓은 공원과 담장을 이웃하고 있어. 이 공원이 없었다면 내 일기 또한
없었을 거라 할 만큼 이곳은 내 삶의 터전이자 영감의 원천이라고 할 수 있어.
사람이 그렇듯 우리도 다양한 개성과 목소리, 서로 다른 기질과 이야기를
지니고 있고, 나는 이 공원의 터줏대감으로서 거의 모든 친구와 소통하면서
고민을 들어주는 상담사 역할을 마다하지 않고 있어.
그 일은 내 일기의 좋은 소재가 되어 주기도 해.

나는 하루에 16시간은 자고 8시간은 활동을 해. 정해진 시간이나 장소에 구애받지
않고 어디서든 졸리면 자는데, 그중 하비 곁에서 잠을 잘 때가 가장 행복해.
자다 깨서, 눈을 뜨기 싫을 때가 있잖아. 그대로 누워서 하비의 구린 발냄새를
맡으며, 그림을 그리면서 혼잣말을 중얼대는 소리를 듣고 있을 때. 그때는 내가
이 인간을 위해 무엇이든 할 수 있다는 책임감이 느껴지는 거야. 참 이상하지?
누가 시킨 것도 아닌데. 우리 DNA 안에 새겨져 있는 반려견의 숙명 같은 건지도 몰라.
그렇다면 하비한테도 반려인의 숙명 같은 게 있을까. 만약 있다면 지금처럼 내가
편안하게 잠잘 수 있도록 안정감을 주어야 한다는 책임감일 거란 생각이 들어.
서로에게 가끔 실망과 배신감을 느낄 때도 있지만 이 정도면 우린 잘 맞는 게 분명해.

그동안 수많은 반려인과 반려견들을 관찰하면서 인간들이 어떤 마음으로 개를
입양하는지에 대해 늘 궁금했어. 사실 이 일기도 그 궁금증 때문에 쓰기 시작했다고
해도 과언이 아닐 거야. 우리 입장에서는 선택의 여지가 없지만 인간들에게는
다양한 선택지가 있잖아. 세상의 모든 반려인이 각자의 이유와 목적이 있겠지만
내가 관찰해 본 결과는 크게 세 가지로 볼 수 있어. 첫째는 외롭기 때문이고,
둘째는 허영심을 만족시키기 위해서, 세 번째가 중요한데 인간과 가까운 다른 동물의
주인 노릇을 하고 싶기 때문이라고 생각해. 이것을 이해하면 인간이 생각하는 개의
행복과 실제로 개가 느끼는 행복의 차이가 무엇인지도 어렴풋이 알 수 있지.

지금부터 작년 1월 1일로
돌아가 볼까?

설날

오늘은 설날이다.

설날은 온 가족이 한자리에 모여 아침부터 저녁 늦게까지 쉬지 않고 무언가를 먹고 떠드는 날이야. 인간들에게는 무척 즐거운 날처럼 보이지만 내게는 1년 중 가장 외로운 날 중의 하나지. 많은 가족 가운데 누구 하나 나를 신경 쓸 겨를이 없어. 산책도 못 나가고 일정 시간에 먹던 간식 타임이 생략되기도 해. 가족이 많이 모일수록 나의 외로움이 더해지는 건 참 이상한 일이야. 작년 설날에는 내가 식탁 밑에서 존재감을 어필했지만, '쫏' 소리와 함께 아랫입술을 깨물며 험상궂은 얼굴로 나를 째려보는 하비 특유의 '안 돼!' 표정이 되돌아왔어. 나와 하비는 언어보다 주로 표정으로 소통하는데 그 표정은

'이 자리는 네가 낄 자리가 아니야'라는 표현이 분명했어. 그때 받은 상처의 기억이 지금도 생생하게 남아 있어.

나는 10년째 이 집에서 동거를 하고 있지만 절대 '진짜 가족'이 될 수 없다는 사실을 매년 설날 확인해.

망치, 잘했어!

1월 7일

하비는 나에게 지시를 하고, 나는 그 지시를 따라. 이 규칙은 우리가 인간과 함께 살기 시작한 이래 지금까지 이어 내려오는 불문율이지. 만약 우리가 그 지시에 따르지 않는다면 우리가 존재하는 의미가 사라질지도 몰라. 그래서 나는 늘 최선을 다해 지시에 따르거나 따르기 위해 노력해. 그런데 문제는 그 내용이 우리 사이의 주종 관계를 확인하기 위한 지시가 대부분이라는 거야. 예를 들어 '앉아', '엎드려', '기다려' 등과 같이 반복적이고 맹목적인 행동을 시키지. 지시에 따르는 우리 입장에서 보면 매우 지겨울 수밖에 없어. 뭔가 새로운 내용으로 업그레이드할 만도 한데, 난 오늘도 10년째 같은 레퍼토리의 지시에 따라 똑같이 반응하며 지루하기만 한 복종을 반복하고 있어.
솔직히 말하면 이것도 내 의무라고 생각해서 복종 잘하는 '착한 개' 연기를 하며 게으른 하비를 만족시켜 주고 있는 거야.

이름 없는 친구

이 친구는 이름이 없어. 야생에서 태어나 한 번도 누군가의 반려견이었던 적이 없지.
인간은 이런 친구들을 '들개'라고 부르며 자신의 통제권 바깥에 존재하는 이들을 두려워해.
이 친구는 산속에서 두 형제와 함께 살아. 부모를 포함한 다른 식구들은 인간에게
'구조'되어 어느 날 갑자기 사라졌어. 이 친구에게 인간은 오직 자기 가족들을 납치해 간
무서운 존재일 뿐이야. 인간의 돌봄으로부터 자유로운 삶. 그건 한마디로 놀라움 그
자체였어. 늘 먹을거리를 찾아야 하는 고달픈 삶에도 불구하고 그의 눈에서는 비루함이나
낯선 이에 대한 어떤 두려움도 찾을 수 없었고, 나를 대하는 태도는 당당하기까지 했어.
간섭과 통제가 없는 개의 삶은 내가 감히 넘볼 수 없는 '자유'를 의미하고 있었어.
잠깐의 만남을 뒤로 하고 그 친구는 바람처럼 사라졌고 내 머릿속은 갖가지 생각으로
가득했어. 나는 이 친구를 통해 평생 반려견으로 살아가고 있는 내가 겪은 근원적인
불안의 원인과 어떤 선택권도 주어지지 않는 삶에 대해 깊은 생각을 하게 됐어.

하비!
그동안 참았지만 오늘은 꼭 얘기를
해야 할 것 같아.

쉬운 결정은 아니었지만
더 늦기 전에 나도 이제는
독립해 보려고. 아이 낳아서
가정도 꾸리고 그동안 신세 많이….

알았어! 가자.
간식 줄게.

넵!

우리만의 인사

반려인들 중에는 우리가 친구들의 엉덩이 냄새를 맡는 것을 몹시 싫어하는 부류가 있어.
자기 반려견이 코를 갖다 대는 순간 목줄을 잡아채 버리고, 그 친구는 느닷없는 충격에
혼비백산하게 되지. 이런 경험을 몇 번 하게 되면 엉덩이 냄새를 맡고 싶다는 생각만
해도 목에 전기가 오는 것 같은 트라우마를 겪게 돼.

우리는 무리 생활을 하던 습성 때문에 다른 개에 대한 정보를 매우 중요하게 여기지.
그리고 그 정보의 상당량이 엉덩이에 모여 있으므로 엉덩이 냄새를 맡는 행위는 우리의
일상에서 매우 중요한 의식과 같아. 인간은 우리가 엉덩이 냄새를 좋아한다고
생각하는데 이건 좋고 싫음의 차원이 아니라 인간들이 만났을 때 인사를 나누는 것처럼
하나의 자연스러운 행동 양식이라고 볼 수 있어. 우리는 후각이 매우 섬세하기 때문에
자극이 강한 냄새는 아주 싫어해. 식초나 귤과 같은 시큼한 냄새, 물파스나 술과 같은
괴상한 냄새, 인간들이 좋아하는 향수도 최악의 냄새에 속하지. 인간이 좋은 냄새라고
자신의 반려견에게 함부로 뿌린다면 그 친구는 바로 기피 대상이 될 거야.

똥을 먹어요!

"우리 애가 글쎄 자기 똥을 먹어요!" 치치의 반려인 아주머니가 몸서리를 치며 하비에게 하소연을 하곤 해. 하비는 대답하지. "놔둬요. 좀 지나면 괜찮아요." 진짜 괜찮을까? 치치는 6개월이 되었는데 이 정도 컸으면 일반적으로 끊을 때가 되고도 남았지.

제 똥이건 남의 똥이건 이걸 먹는다는 것은 인간들에게는 몹시 불쾌한 일이야. 뽀뽀를 하고 싶어도 똥 냄새가 날 테니 할 수 없고 뭔가 불결한 것 같은 느낌을 떨칠 수가 없는 거 같아. 근데 사실은 생각만큼 더럽지 않고 건강에 해가 되지도 않아. 어떻게 아느냐고? 나도 먹어 봤으니까.

엄마 개는 젖을 뗄 때까지 새끼들의 똥오줌을 깨끗하게 핥아 먹는데 그걸 보고 배울 수 있어. 배변 훈련 도중 엉뚱한 곳에 실례를 해 놓고 들킬까 봐 먹어 버리는 게 습관이 되었을 수도 있지. 이런 경우는 반드시 김이 모락모락 나는 새 똥을 먹지 단단해진 헌 똥은 먹지 않아. 똥 눌 때 반려인이 옆에서 기다렸다가 먹기 직전에 맛있는 간식을 준다면 간식보다 맛없는 똥은 쳐다보지도 않게 되지. 반복하다 보면 배변과 동시에 반려인에게 달려가 간식을 조르게 되고, 똥 먹기는 졸업할 수 있어.

종견 마르코

마르코는 남자들이 부러워할 만한 특수한 직업을 갖고 있어. 그는 유명한 프로페셔널 종견이야. 그것도 요즘 한창 주가를 올리고 있는 이탈리안 그레이하운드 종견으로 무슨 콘테스트 수상 경력도 있어서 매우 바쁜 일정을 소화하고 있어(콘테스트는 오직 외모로만 평가하기 때문에 다른 능력과는 아무 상관이 없어). 한 번 출장을 갈 때마다 최소 두 번, 많게는 네 번까지 짝짓기를 하고, 잠시 충전한 후 다음 장소로 이동하는데 가끔은 클라이언트가 직접 찾아와 집에서 일을 치르기도 한다나? 얘기를 들어 보면 말이 종견이지 완전 성노예와 다름없어. 그러고 보니 마르코의 얼굴은 5살 치고는 많이 늙어 보여. 잘생긴 남자의 비참한 운명이라는 생각이 드네. 나는 별 볼 일 없는 믹스견으로 태어나서 얼마나 다행인지 몰라. 마르코는 이 직업 생활을 한 지가 3년 정도 되었는데 내년이면 은퇴를 한다고 해.

저는 래브라도입니다.
맹인 안내견으로 열심히
일하고 있습니다!

충성! 이름은 도버.
조국은 내가 지킨다.
군견으로 복무 중임다!

저는 콜리입니다.
목장에서 양을 모는 일을
하고 있습니다!

저요? 저는 망치예요.
그냥 백수고요.

부럽!

우왕!

금수저네!

좋겠다.

미국 개 행크

Hi. folks!
I'm from
California!

이 친구의 이름은 행크. 미국에서 태어나 5년을 살다가 얼마 전 우리나라로 이민을 온

미국 개야. 나는 평소에 외국 개와 한국 개가 만나면 어떻게 소통할까 궁금했었어.

인간만큼 복잡하고 체계적이진 않지만, 우리도 나름대로 다양한 방식의 언어가 있어서

외국에서 사용하는 언어와 분명한 차이가 있지 않을까 생각하고 있었지.

오늘, 이 친구를 만나자마자 나의 예상은 한순간에 무너졌어. 약간의 문화적인 차이는

있었지만, 언어의 차이는 거의 없었지. 특히 몸짓 언어의 싱크로율은 100% 일치했어.

이 말은 전 세계에 펴져 살고 있는 10억 마리의 개들은 통역이 필요 없이

완전히 자유롭게 소통이 가능하다는 거잖아! 오늘은 정말 대단한 걸 발견했어.

요가하는 꾸찌

10년 전에 비해 공원을 찾는 개의 숫자가 거의 세 배 가까이 늘었어.

애견 관련 갖가지 사업들이 생겨나면서, 우리를 위한 요가 센터도 생겼지.

반려인과 함께 6개월째 요가를 배우고 있다는 꾸찌가 실제로 시연해 보인

다리 찢기 동작은 놀라웠어. 저 몸매에 저렇게 유연할 수 있다니.

모두 당황할 수밖에 없었어. 그런데 요가를 배우는 과정은 더욱 놀라웠어.

반려인과 선생님이라는 인간들이 꾸찌의 양다리와 어깨를 짓눌러서 다리 각도가

아주 천천히 늘어났다는 거야. 지능이 약간 떨어지는 꾸찌는 요가 수업에 대해

아무 생각이 없었지만 내가 보기에 이건 동물 학대가 분명해. 우리를 괴롭히는

그런 학원이나 센터 대신 개 전용 운동장이나 많이 만들어졌으면 좋겠다!

개의 나이

사시는 동안 고생을 무척 많이 하신 것 같네요.

고생은요~ 이제 겨우 1살 밖에 안됐걸랑요.

하비와 산책을 나서려는데 쓰레기를 버리던 옆집 아주머니가 하비에게

내 나이를 물었어. 이럴 때 친절한 하비는 꼭 인간의 나이로 환산해서 대답해 줘.

우리는 성장과 노화 속도가 인간과 달라. 인간보다 빨리 성장하고 천천히 늙지.

예를 들어 1살이 되었다면 사춘기에 해당하는 15살쯤으로 보면 돼. 인간보다 15배나

빠르게 성장한다는 뜻이야. 인간이 모든 동물 가운데 가장 천천히 성장하는 이유는

두뇌 발달과 깊은 관련이 있다고 해. 우리는 그렇게 머리를 쓰며 살아야 할 필요가

없잖아. 빨리 자라서 최대한 오래 번식이 가능한 몸을 만드는 게 중요하지.

일단 성장하고 나면 천천히 늙기 때문에 10살이면 인간의 나이로 50대 중반 정도로

계산할 수 있어. 일반적으로 남자애들이 조금 더 빨리 성숙해지고, 몸집이 작은 친구들이

큰 친구들보다 더 오래 살기 때문에 계산법은 조금씩 달라질 수 있어.

외눈 봉달이

한쪽 눈이 없는 봉달이는 우리나라 반려견 문화의
어두운 단면을 여실히 보여 주는 삶을 살았어.
이른바 강아지 공장이라는 곳에서 태어났고
생후 6주 만에 반려동물 매장의 쇼윈도에 전시되었지.
요크셔 테리어는 유행이 지나 인기가 없었던 탓에
두 달 동안 유리 상자 안에 갇혀 있다가 유치원 딸의 생일 선물을 사러 온 술 취한
아저씨에게 반값으로 양도되었어. 아저씨네 가족은 살아 있는 생명을 보살필 준비도
능력도 없었고, 봉달이는 아파트 베란다 한구석에 방치됐어. 공장에서부터 눈곱이 자주
끼던 눈에 염증이 심해져 병원에 갈 처지가 되자 병원비가 아까웠던 아저씨는
차일피일 미루다 결국 아픈 개를 팔았다는 이유를 대며 반려동물 매장 주인에게
돌려주었지. 매장 주인은 검은색 비닐봉지에 봉달이를 넣고 묶은 다음 쓰레기통에 던져
버렸어. 봉지 속에서 이틀이 지났지만 봉달이의 질긴 숨은 끊어지지 않았어. 한밤중에
지나가던 지금의 반려인이 낑낑거리는 소리를 들었고 비닐봉지를 풀자, 똥오줌으로 범벅이
된 강아지가 들어 있었어. 반려인은 이미 셋이나 되는 반려견을 키우고 있었지만
목숨이 위태로운 작은 유기견을 받아들이기로 결심했고 '봉달이'라는 이름을 붙여 주었어.
인간은 우리를 너무 쉽게 사고, 너무 쉽게 버리지. 더러운 시설에서 강아지를
붕어빵처럼 찍어 내는 강아지 공장은 이 땅에서 사라져야 해!
아저씨는 딸의 선물로 강아지 인형을 샀어야 했고, 매장 주인은 반려동물 매장 대신
유통 기한이 지난 물건은 반드시 버려야 하는 편의점을 열었어야 했어.

개는 개, 인간은 인간

망치야 고마워!
내 마음을 알아주는
네가 내 곁에
있어 줘서….

… 됐고!
간식이나 꺼내 봐.

우리는 늘 인간의 감정 변화에 민감하지만 인간은 우리의 감정에 대해 별 관심이 없어.
그냥 관심이 없는 정도면 괜찮은데 문제는 우리의 감정을 오해하고 자기들 멋대로
판단해 버린다는 거야. 이런 오해가 누적되면 우리는 인간들이 싫어하는 '문제견'이
되어 가고 결국에는 길거리로 내몰려 비참한 최후를 맞게 되는 경우도 있지.
우리는 오랜 세월에 걸쳐 인간과 공존할 수 있도록 진화하긴 했지만 여전히 우리끼리 모여
살았던 본성을 간직하고 있어. 인간은 우리가 인간의 아이가 아니라는 당연한 사실을
기억해야 해. 우리는 '개', 인간은 '인간'. 개와 인간은 다른 게 당연해. 인간을 구한
충성스러운 개의 이야기는 우리 입장에서는 무리의 리더를 구한 이야기야.
인간이 아끼고 사랑하는 자신의 반려견에게 완벽한 반려인이 되고 싶다면,
지금까지 했던 엄마 아빠 노릇 대신 대장 개가 무리의 개들에게 하는 것처럼
행동하면 돼. 우리에게 내 반려인이 나보다 강한 존재인지 아닌지 의구심이 들지
않게 해 주었으면 하는 바람이야.

질투의 화신, 단추!

단추는 오늘도 스스로를 엄마라고 부르는 반려인 옆에 바짝 붙어 있었어.

단추는 이 공원 안에 친구가 단 하나도 없고, 벤치에서 내려와 잔디밭을 뛰어다녀

본 적도 없어. 엄마가 다른 개에게 관심을 보이기라도 하면 득달같이 달려들어 짖어 대고,

엄마는 그런 단추를 다정하게 안아 주지. 주변 사람들은 전형적인 분리 불안견인 단추를

안쓰러워하며 '질투의 화신'이라는 별명을 붙여 주었어.

그런데 이들에게는 한 가지 이상한 점이 있어. 엄마는 늘 가만히 앉아 있고

모든 상황을 단추가 통제한다는 사실이야. 단추는 계속 엄마를 독점해야 하고

엄마는 단추에게 의지하고. 안타깝게도 실제 분리 불안의 주인공은 바로 단추가 아닌

단추의 엄마라는 생각이 들어.

아무것도 묻지마.
우리 나름대로 사정이
다 있으니까!

스킨십

오늘 공원에서 어떤 남자가 미키에게 손가락을 물리는
바람에 시끄러웠어. 인간은 우리가 늘 스킨십에
굶주려 있고 자기들이 만져 주면 무조건
좋아한다고 믿지. 하지만 우리도 인간과
마찬가지로 잘 모르는 인간에게
만져지는 건 끔찍하게 싫어.
그건 강제 추행이야. 미키는 죄가 없어.

우리에게 인간의 손은 우리를 아껴 주는 손과 해치는 손으로 나뉘지. 친근한 인간의 손은
고마운 손이고 낯선 인간의 손은 두려운 손이야. 우리들 대부분은 '착한 개 콤플렉스'에서
자유로울 수 없기에 낯설고 거친 손길을 묵묵히 견뎌야 할 때가 있어. 처음 보는 인간이
다가와 손을 내밀어 만지려고 할 때 반려인이 곁에서 말하지. "괜찮아요. 우리 개는
착해서 안 물어요." 결국 우리는 불안을 가득 안은 채 아무렇지 않은 듯 연기를 해야 해.
자칫 본심을 드러냈다가는 그 순간부터 '나쁜 개'라는 오명을 써야 하니까.

스킨십에 관해서는 나도 할 말이 많아. 다른 건 몰라도
스킨십만큼은 우리와 인간의 차이가 없어. 스킨십은
자연스럽게 이루어져야 하고 상호 간에 신뢰를 바탕으로
해야 스킨십의 원래 목적을 이룰 수 있는 거지.

날 만져 줘.
사랑받고 싶으니까.

제가 무슨 생각이
있겠어요.

물론 우리 중에는 누가 만지던, 개의치 않는
'무감각파'와 모든 저항을 포기한 '무기력파'도 있어.
이들은 너무나 착한 나머지 스킨십을 빙자한
폭력조차도 무신경하게 받아들여. 인간에 의해
완벽하게 길들여진 이들의 머릿속에는 오직
간식이라는 보상밖에 없으니까.

우리는 사실 인간들의 기대와 달리 포옹을
그리 좋아하지 않아. 특히 세균이 잔뜩 있는
자기들의 입을 우리 코에 갖다 대고 좋아하는
뽀뽀는 진짜 싫어해. 그런 스킨십은 그런 걸
좋아하는 인간들끼리만 했으면 좋겠어.

여기를 만져 줘!

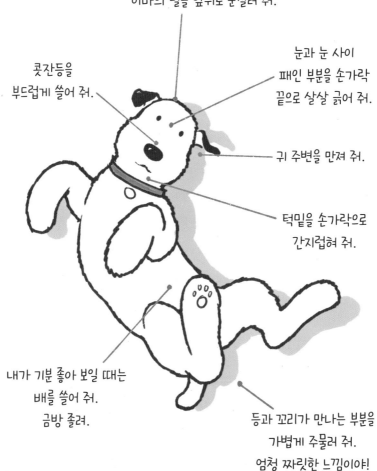

이마의 털을 앞뒤로 문질러 줘.

눈과 눈 사이
패인 부분을 손가락
끝으로 살살 긁어 줘.

콧잔등을
부드럽게 쓸어 줘.

귀 주변을 만져 줘.

턱밑을 손가락으로
간지럽혀 줘.

내가 기분 좋아 보일 때는
배를 쓸어 줘.
금방 졸려.

등과 꼬리가 만나는 부분을
가볍게 주물러 줘.
엄청 짜릿한 느낌이야!

여기는 만지지 마, 제발!

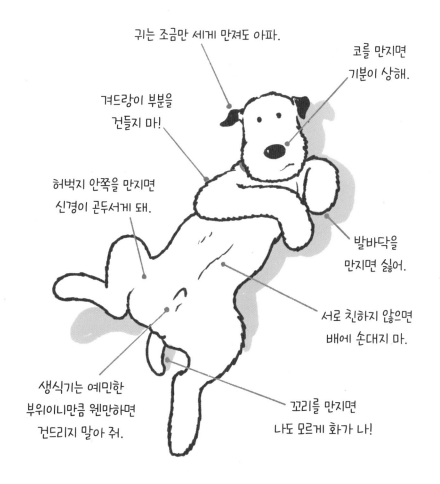

귀는 조금만 세게 만져도 아파.

코를 만지면
기분이 상해.

겨드랑이 부분을
건들지 마!

허벅지 안쪽을 만지면
신경이 곤두서게 돼.

발바닥을
만지면 싫어.

서로 친하지 않으면
배에 손대지 마.

생식기는 예민한
부위이니만큼 웬만하면
건드리지 말아 줘.

꼬리를 만지면
나도 모르게 화가 나!

그 밖에도 아픈 부위는
절대 만지지 마, 제발 부탁이야!

유기견 보리

말티푸 보리는 커다란 눈망울과 몸에 밴 애교로 누구나 안아 주고 싶게 만들지.
하지만 보리는 경력 많은 유기견으로 보호소의 단골 손님이야. 오늘 공원에서 본 보리는
여섯 번째 새 반려인과 함께 있었어. 아직까지는 큰 문제가 없어 보이지만,
불안한 동거가 얼마나 지속될지는 알 수 없지. 파양의 원인은 단 하나.
어떤 환경에서도 꿋꿋하게 똥오줌을 가리지 않고 싸는 거야. 외모에 반해서
큰마음 먹고 입양을 결심했다가 찔끔찔끔 온 집 안을 배설물로 더럽히는 보리에게
결국은 항복 선언을 할 수밖에 없었을 인간들도 충분히 이해가 가. 가장 큰 원인은
보리의 첫 번째 반려인이야. 그 대학생은 얼떨결에 남친에게 사귄 지 100일 기념 선물로
생후 6주된 강아지를 선물 받았어. 한 달 후 남친과 헤어졌고, 그동안 어두컴컴한
원룸에서 혼자 지냈던 보리는 다시 남친에게 넘겨졌어. 이후 유기와 파양이 반복되었고,
보리는 치료가 불가능해 보이는 만성 불안 장애를 지닌 문제견이 되고 말았어.

투견 곤조

그는 오직 살아남기 위해서 자신과 같은 처지인 상대방의 살점을 물어뜯었고
그중 몇은 죽어서 버려졌어. 입에서 상대의 피가 뚝뚝 떨어지면 철창 밖의 인간들은
환호성을 질러 댔고, 승리의 보상으로 고깃덩어리 한 점이 주어졌지.
시합이 끝나면 온몸의 상처가 낫기도 전에 오직 다른 개를 효과적으로 물어뜯기 위한
훈련이 이어졌고 그는 스타가 되었어. 곤조는 내가 만난 친구들 가운데 가장 비참한 삶을
살아온 친구라는 생각이 들어. 다행히 몇 해 전 불법 투견장에서 극적으로 구조된 후
새로운 반려인을 만나 지금은 편안한 노년을 보내고 있어.
노견이지만 여전히 섬뜩한 살기와 죽음에 대한 공포가 배어 있다는 느낌이 들어.
다른 동물을 이렇게 학대하는 동물은 오직 인간뿐인 거 같아.

곱게 미친 개, 빠꾸

빠꾸의 별명은 미친개, 정확하게는 '곱게 미친' 개라고 할 수 있어. 빠꾸는

평소에는 무척 얌전하지만, 일단 흥분하면 마구 짖어 대며 제자리에서 빙빙 돌다가

지칠 때까지 데굴데굴 구르는 이상 행동을 해. 빠꾸의 괴이한 발작이 일단 시작되면

중간에 아무도 말릴 수가 없기 때문에 그냥 '또 시작이네'하는 마음으로 쳐다볼 수밖에

없어. 그렇게 상황이 종료되면 빠꾸는 가쁜 숨을 몰아쉬며 한참 동안 엎드린 채

미동도 하지 않아. 의사는 인간의 조증과 비슷한 병으로 정확한 원인은 알 수 없다고

했다던데. 원인도 모르고 고칠 방법도 없는 마음의 병을 앓고 있는 빠꾸. 그의 반려인에게

지금처럼 변함없이 빠꾸를 아껴

주었으면 하는 친구들 모두의 바람을

전하고 싶어. 마음은 인간에게만

있는 것이 아니고 인간만 마음의

병이 드는 건 아니야.

나 때문에
깜짝 놀랐지?
미안!

산책 주의 사항

오늘 공원 입구에 큰 표지판이 설치됐어. 개똥을 바로 치우지 않으면 반려인에게
벌금을 물리겠다는 내용이었어. 가끔 배변 봉투나 똥삽을 잊고 와서는 모르는 척 슬쩍
두고 가 버리는 인간들이 있지. 지난번에 공원 관리인이 어떤 반려인에게 왜 뒤처리
용품을 소지하지 않았냐고 묻자 그 반려인은 마치 '우리 개는 안 물어요' 하듯이
'우리 개는 바깥에서 똥을 안 싸요'라고 천연덕스럽게 대답하는 거야.
산책과 배설은 불가분의 관계이므로 반려인이라면 뒤처리 용품은 꼭 잊지 말아 달라고
부탁하고 싶다! 만약 공원이 개똥으로 넘쳐나서 개 출입 금지 푯말이라도 붙는 날에는
우리에게 재앙이 될 테니까.

너희들이 보기에는 좀 이상하겠지만 나는 지금 똥 싸는 중이야.
물론 나도 예전에는 너희들처럼 길거리 아무 데나 똥을 싸고 다녔지.
그러나 꾸준한 연습으로 마침내 인간과 동일한 방식으로
똥 싸는 노하우를 익혔어. 이제 나는 더 이상 야만적이고 더러운
과거의 똥 싸기 방식으로 돌아가지 않을 거야!

특별한 눈맞춤

우리에게 똥을 눈다는 것은 인간들과는 다른 각별한 의미가 있어. 똥은 우리가 동료들끼리

나누는 커뮤니케이션의 수단이야. 나의 존재와 내 몸의 상태에 관한 정보를 나누는 거지.

똥을 누고 나서 뒷발 차기로 흙을 긁어 날리는 의식은 그 정보를 더 넓게 퍼뜨리고

긁어낸 자국으로 내 힘과 이곳이 내 구역임을 과시하는 것이기도 해.

천천히 걷다가 걸음이 빨라지면 똥이 마렵다는 신호야. 포인트가 정해지면

우리는 그 주위를 빙글빙글 돌면서 냄새로 이곳이 적당한 장소인지 마지막 체크를 해.

이때 노련한 반려인들은 낌새를 알아차리고 배변 봉투를 꺼내지.

나는 똥을 누기 시작할 때 반드시 반려인과 눈 맞춤을 해. 지금부터 볼일을 볼 테니

당신은 주변에 누가 오는지 지켜 달라는 신호를 보내는 거야. 아주 오래전 우리가

야생에서 생존해야 했던 시절, 똥을 누는 동안은 적의 공격으로부터 취약한 상태가

되기 때문에 동료에게 경계를 부탁하곤 했거든. 그 습성이 지금도 남아 있다는 게 신기해.

한편으로는 그냥 단순한 불안 해소 차원이 아닐까 하는 생각도 들어.

중성화

이웃에 사는 코코가 얼마 전 순산을 했는데, 오늘 처음으로 예쁜 세쌍둥이를 데리고

산책을 나왔어. 둘은 남자애, 하나는 여자애라고 했어.

우리의 성은 원래부터 그렇게 태어난 남자와 여자 그리고 남자였던 중성, 여자였던 중성,

모두 네 가지로 나눌 수 있어. 중성을 둘로 나눈 이유는 생식 능력만 상실했을 뿐 그동안

살아왔던 성적인 특성과 습관은 그대로 남아 있기 때문이야.

무분별한 중성화 수술은 한마디로 잔인한 동물 학대라고 봐. 건강상 이유 등을 들어

수술의 명분을 앞세우지만, 솔직히 인간들 입장에서 보기 싫고 귀찮기 때문 아닌가?

의사들은 수술의 부작용에 대해 자세하게 설명하지도 않아.

모든 생명은 번식하기 위해 존재하지. 인간은 겉으로는 우리를 사랑하는 척하지만,

실은 자신들이 사랑하고 싶은 우리의 일부분만 사랑하는 것 같아. 모든 사랑에는

희생이 따르지. 인간도 그것을 모를 리 없지만, 적당한 희생만 하겠다는 것처럼 보여.

어쩌면 그게 인간의 한계일지도…. 지금도 아무 때나 발정할 수 있는 자유를 준

하비에게 나는 진심으로 감사하고 있어!

개꿈

인간들의 꿈에 비해 우리의 꿈은 지극히 현실적이야.

우리들의 꿈은 최근에 겪었던 소소한 기억들이 대부분이고, 희망이나 미래와 같은

허구는 등장하지 않아. 그러고 보면 인간들이 별 볼 일 없는 꿈을 '개꿈'이라고 하는데,

전혀 틀린 말은 아니라는 생각이 들어.

이건 분명히 꿈이 맞아!
그런데 네 꿈에
내가 나온 건지
내 꿈에 네가 나온 건지
그걸 모르겠어!

잠자기

우리는 인간의 두 배에 가까운 시간 동안 잠을 자. 시간은 길지만 인간보다 얕은 잠을
자기 때문에 아주 작은 자극에도 쉽게 잠에서 깬다는 것 외에는 인간과 거의 비슷해.
잠꼬대도 하고 자다가 방귀를 뀌기도 하고. 더울 때는 몸을 최대한 펼치고 추울 때는
웅크려서 체온을 보존하지. 더위에 약한 친구들은 맨바닥을 좋아하고, 추위에 약한
친구들은 폭신한 침대를 좋아하는데 겨드랑이에 코를 파묻기도 해.
우리의 잠자는 자세는 환경과 체질 그리고 털의 상태에 따라 달라져.

내가 좋아하는 벌러덩 자세
아주 피곤할 때나 몸의 열을 식히고 싶을 때.
주로 실내에서 사는 개들의 자세로 친척인
늑대나 야생 들개에게서는 볼 수 없어.

모두가 좋아하는 기본 자세
실내나 실외 상관없이 안전한 환경에서
편안하고 안정적으로 잘 때.

턱을 바닥에 대고 엎드린 자세
주로 잠깐 낮잠을 잘 때. 인간으로 치면
의자에 앉아서 조는 것과 비슷해.
더울 때 찬 바닥에서 열을 식히는 자세이기도 하지.

옆으로 누운 자세
심리적으로 안정된 상태. 주로 푹신한
곳보다는 얇은 매트 위에 있을 때.

다리를 길게 뻗고 엎드린 자세
흔히 슈퍼맨 자세라고도 해.
에너지가 남아도는 친구들에게서 자주 볼 수 있어.

동그랗게 웅크린 자세
추울 때 체온을 보존하기 위한 기본 자세.
늘상 이 자세를 좋아하는 친구들에게는
푹신한 바구니 침대가 안성맞춤이야!

그 밖에 별 희한한 자세
인간의 눈에는 저렇게 자도
괜찮을까 싶지만 우리에게는
아주 편안한 자세!

햇볕이 피운 꽃 한 송이

나는 오늘, 모든 꽃은 햇볕이 돕지 않으면 피지 못한다는 대단한 사실을 발견했어.

우리 집 옆에 있는 돌계단은 담벼락 그림자 때문에 늘 그늘져 있는데, 그나마 아래쪽

가장자리만 아침나절에 잠깐 햇볕이 들지. 그런데 그곳 돌 틈 사이로 초록 잎이 올라와

쑥쑥 자라더니, 오늘은 기어이 그 짧은 햇볕을 머금고 노란 꽃 한 송이를 피워 냈어.

햇볕은 따뜻하기만 한 것이 아니라 뭔가 신비한 힘을 가지고 있는 게 분명해.

감사합니다.
내일도 잘 부탁드려요!

놀라운 공

4월 6일

이 세상에서 제일 재미있는 놀이는 단연 공놀이일 거야.

나는 공을 좋아해. 그냥 좋아하는 정도가 아니라 사실 약간 집착을 한다고 할까?

꿀꿀한 기분이 들 때는 공을 떠올리는 것만으로도 기분이 좋아져.

그런데 오늘, 외출했다 돌아온 솔이의 손에는 참으로 놀라운 공이 매달려 있었어.

이 공은 내가 알던 공이 아니었어. 모든 공은 던지면 땅에 떨어지는 게 원칙인데

이 공은 마치 달처럼 공중에 그대로 떠서 내려올 생각을 안 하는 거야.

공을 올려다보고 있으려니 머리에 쥐가 나는 거 같았어.

내 눈앞에 분명히 보이는데 만질 수도, 가질 수도 없는 그런 신기한 공이었어.

빤 —

봄날

저녁 무렵 산들바람과 함께 야생화 냄새가 실려 와. 이때쯤이면 공원 연못가에
잔뜩 피어나는 그 꽃이 분명해. 인간은 눈으로 자연을 감상하지만 나는 냄새로
계절을 감지할 수 있어. 바람결에 섞여 있는 온갖 나무와 풀과 꽃의 냄새로 변화하는
자연을 느낄 수 있어. 이른 봄의 익숙한 냄새가 코끝을 스치면 갖가지 향기를 내뿜는
꽃들이 차례로 피어나. 가장 진한 향기를 풍기는 꽃향기가 사라지면
봄이 가고 있다는 신호야. 우아하고 은은한 꽃향기와 함께 여름이 다가오는 걸,
습한 공기와 짙은 풀 냄새로 장마가 시작됨을 알아. 높은 나뭇가지에서 떨어지는 열매의
요상한 냄새로 가을은 익어가고, 차가운 바람 속 마른 낙엽 냄새는 긴 겨울의 시작이야.
나에게 계절은 그렇게 오고 그렇게 가….

나를 행복하게 하는 것들….
따스한 봄바람에 나풀나풀
벚꽃 잎 흩날리는 소리.
코끝에 스미는
기분 좋은 봄 냄새.

돌아온 똥꼬

병원에 입원했던 똥꼬가 그주 만에 돌아왔어.

똥꼬는 오랜 세월 그림자처럼 늘 내 뒤를 졸졸 따라다녔지.

잠을 잘 때도 좁은 틈을 비집고 파고들어 와 나를 귀찮게 하기 일쑤였어.

나는 똥꼬가 왜 그렇게 내게 집착을 보이는지, 왜 나한테만 의존을 하는 건지

이해할 수 없었어. 그런데 똥꼬 없이 그주를 혼자 지내며 나는 깨달았어.

혼자가 될지도 모른다는 불안은 바로 내 안에 있었고

오히려 내가 똥꼬에게 기대어 의존하고 있었다는 사실을 이제야 알게 된 거야.

우리는 너무
붙어 있는 거 같아.

그런가?

너무 멀리 가지 마!

'하루'님

우리 집에는 이 집 식구인지 아닌지
분명하지 않은 '하루'라는 이름의
고양이님이 한 분 계시다.

내가 존칭을 쓰는 이유는 내가 이 집에 오기
몇년 전부터 살고 계셨으니 나이가 나보다
많기도 하거니와, 이분의 독보적인 캐릭터를
내가 추앙하고 있기 때문이야.

이분은 우리와 차원이 다른 세계관을
가지고 있으며 내가 늘 상상만 하는 거의
완전한 '독립 생활'을 몸소 실천하고 계신다고
볼 수 있지. 예를 들면 내가 싫어하는 목욕을
이분은 평생 해 본 적이 없어.

나는 반려인을 따르고,
내 윗분으로 존경하지만,
이분은 모든 인간과 스스로가 동격임을
자부하면서 어떤 아첨도 거부하지.

밥이 없을 때 스스로 먹을 걸 구하는
초능력을 가졌을 뿐만 아니라 우리에게는 거의
사라지고 없는 야생의 본능을 여전히 지니고 있지.
하루님은 정말 대단한 존재야!

문제가 발생했을 때
반려인이 야단을 쳐도 눈 하나
깜짝하지 않는 강력한 뚝심을
가지고 있는 이분을 어떻게
감히 존경하지 않을 수 있을까.

어린이날

오늘은 어린이날이야.
인간들이 1년에 하루, 날을 정해 놓고
아이들에게 선물 같은 걸 주면서
'좋은 어른'인 척하는 날이지.

내가 솔이를 좋아하는 이유는
내가 알고 있는 인간 가운데 유일하게
자신이 우리보다 우월하다고
생각하지 않기 때문이야.

멍멍

거기다가 때로는 인간이기를 거부하고
나와 같아지기 위해 노력해. 우리 언어를 배우는 데
진심이고, 우리와 같은 방식으로 밥을 먹기 위해
그들의 주특기인 손 사용을 포기하지.

64

솔이는 노는 방법을 알아.
이 친구와 함께 시간을 보내려면
상당한 인내가 필요하지만
솔이는 평범한 인간들처럼
나랑 '놀아 주는 것'이 아니야.
그냥 신나게 놀아!

내가 유일하게 솔이에게
선물할 수 있는 것, '나의 마음'이
고스란히 전해지기를.
그리고 내년 어린이날에도
오늘처럼 변치 않고
즐거울 수 있기를….

5월 8일

하비는 오후 산책을 마치고 나면 이곳에 틀어박혀 이튿날 동이 틀 때까지
나오지를 않지. 이곳에서 무슨 일이 일어나는지는 아무도 몰라.

우리가 하비를 위해
해 줄 수 있는 건 아무것도 없어.
한 가지 다행스러운 건, 그는 자신이
하는 일을 좋아하고 있고
나름 잘한다는 거야.

쭌

어젯밤은 쭌과 함께 침대에서 잤어. 쭌은 솔이가 삼촌을 부르는 호칭이지.
내가 아주 어릴 때는 쭌의 침대가 곧 내 잠자리였어.
한번은 자다가 쭌의 다리 밑에 깔려
질식사할 뻔한 적도 있었어. 쭌은 여친이 없어서인지
여전히 나랑 자는 게 좋은가 봐.

나는 인간과의 동침을 별로 좋아하지 않아.
일단 인간은 우리보다 뒤척임이 심하고
잘 때 입 냄새와 땀 냄새가 날 뿐만 아니라
위생의 문제도 있어. 또 한 가지 폐단은 바로
'정체성의 혼란'이야. 개는 개다워야 하는데,
자기의 정체성을 망각하고 스스로 인간인 양
행세하는 잘못된 자아를 형성하는
원인이 될 수 있어.

"망치야, 쫀 밥 먹으라 해!"
늘 늦잠을 자는 쫀을 깨우는 일도 내 몫이야.
얼굴을 핥으면 깜짝 놀라 버둥거리는데
이불을 걷으면 바로 일어나지.

쫀이 일어나면 꼭 해야 하는
아침 스트레칭이 시작돼.
운동을 좋아하는 쫀이 개발한
몇 가지 코스가 있는데 그중에서
'날아라 슈퍼 망치'가 가장
아슬아슬하고 재미있어!

하루님의 꾹꾹이

점심을 먹고 나니 식곤증이 몰려왔어. 내가 제일 좋아하는 하비 소파에서, 내가 제일

좋아하는 벌러덩 자세로 누워 낮잠을 청했지. 배에 누군가의 손길이 느껴졌어.

하비가 와서 내 배를 살살 쓸어 주는 줄 알았는데… 하루님이잖아.

하루님은 가끔 내가 소파에서 낮잠을 잘 때면 배 위로 올라와 앉아 하염없는 꾹꾹이를

시작하곤 해. 내 배에 관련된 나도 모르는 무슨 특별한 사연이 있는 걸까?

내가 드러눕기만 하면 귀신같이 알고 다가와 정성껏 리드미컬한 대장 마사지를 해

버리지. 내 의사와는 전혀 상관이 없이. 그러다 흥이 나면 하루님이 기분 좋을 때 내는

그르렁거리는 소리까지 내기 시작해(이 소리가 어디에서 나는지는 수수께끼야).

가끔 발톱에 찔려 따가울 때도 있지만, 하루님의 이 느닷없는 스킨십에 나는 서서히

익숙해져서 이제는 좀 더 오래 해 주기를 기대하게 됐어. 그러나 여전히 의문은 가시지

않아. 평소에는 나를 거들떠보지도 않다가 왜 내 배만 보면 꾹꾹이 욕구가 올라오는지

도저히 알 수 없어. 혹시 어린 시절 젖을 먹던 엄마의 포근한 배가 그리운 걸까?

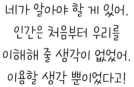

네가 알아야 할 게 있어.
인간은 처음부터 우리를
이해해 줄 생각이 없었어.
이용할 생각 뿐이었다고!

하루님 말도 맞지만
우리도 먹고 살기 위해
인간을 이용하고 있잖아요.

멍청한 녀석 같으니라고!
우리한테 사료를 주는 건 꽃에
물을 주는 거랑 똑같아. 꽃이 인간을
이용하고 있는 거니?

은근히 표현해 줘

인간들이 자주 하는 착각 중의 하나가 우리에게 간식을 주면 자신을 무조건 좋아할

거라고 믿는 거지. 우리가 좋아하는 것은 간식 자체이지 간식을 건넨 손이 아닌데.

또 하나는 안아 주고 뽀뽀해 주는 애정 공세를 퍼부으면 우리가 좋아할 것이라는

착각이야. 우리는 그런 스킨십을 그리 좋아하지 않아. 요란스럽게 우리를 좋아해 주는

인간이 오히려 우리에게 자주 짜증을 내거나 화풀이하는 경우도 많이 봤어.

그렇게 유별난 '엄마', '아빠'가 많아질수록 불쌍한 친구들도 늘어나게 되는 거고.

우리는 그저 어쩌다 한 번씩 쓰다듬어 주는 다정한 손길에 더 감동할 때가 많지.

적극적인 대시보다는 은근한 표현이 좋다는 사실을 인간들이 알았으면.

저 아줌마는 계속 자기가
내 엄마라고 우기거든.
너한테만 얘기하는 건데
아무리 생각해도 진짜 내 엄마가
아닌 것 같아.

품종이 뭐길래

아기 때부터
업어 키웠거든.

내가 지금까지 겪어 본 바에 의하면 덩치가 큰 친구들일수록 성격이 순하고 조용하고
체구가 작아질수록 예민하고 시끄러운 친구가 많아. 덩치 큰 개가 순종적인 이유는
인간들이 우리의 품종을 만드는 과정에서 몸집은 크게 키우고 인간에게 위협이 될 수 있는
거친 성격은 도태시켜 순종적인 개체들만 선택하여 대를 잇게 했기 때문이지.
우리의 품종이란 대게 이런 식으로 200여 년 전부터 만들어져 왔어.
인간의 허영심과 이기심으로 품종을 개량하다 보니 유전 질환이 대물림되어,
특히 품종의 특성이 잘 드러나는 순종일수록 각종 유전 질환에 시달리다 일찍 죽는 일이
허다하지. 인간들이여, 제발 이제는 품종과 순종에 대한 집착에서 자유롭기를.

애 품종이 뭐예요?

애 엄마는 말티즈하고
포메 사이에서 태어났고, 얘 아빠는
요크셔 테리어 플러스 푸들 믹스견과
비숑 플러스 이탈리안 그레이하운드 사이에서
태어났다고 하더라고요!

75

왕따

우리들 세계에도 왕따가 있지. 왕따를 유발하는 이유는 다양하지만,

대표적인 두 가지는 사회성이 부족한 성격과 적응하기 힘든 외모를 꼽을 수 있어.

인간처럼 우리도 먼저 외모로 상대를 파악하기에 어쩔 수 없이 선입견이 작용해.

물론 체취가 가장 결정적인 정보를 제공하지만, 사실 외모만으로도 길에서 마주치기 싫은

녀석들이 있긴 하지. 우리 공원에도 각각 나름의 이유로 왕따가 된 친구 넷이 있어.

하지만 이들의 풍종과 성격이 일치하는 건 아니야.

이름 : 빠꾸 나이 : 3살 성별 : ♂
품종 : 프렌치 불독
특징 : 닥치는 대로 부수고 깨무는 무대포임. 반려인은 착하다고
　　　주장하지만, 모두가 무조건 피하고 보는 공원 최고의 빌런 인증!

이름 : 리키 나이 : 6살 성별 : ♀
품종 : 폭스 테리어
특징 : 주의력 결핍 장애가 심각함. 명랑 쾌활이 지나쳐
　　　통제가 불가능한 정도로 나댐. 별명은 다이너마이트.

이름 : 밤이 나이 : 4살 성별 : ♀
품종 : 치와와
특징 : 입질 대마왕이라는 별명답게 손가락만 보면 무조건 깨물고 봄.
　　　짜증스럽게 짖는 소리가 매우 듣기 싫음. 질투가 심함.

이름 : 두부 나이 : 1살 성별 : ♂
품종 : 비글
특징 : 에너지가 심하게 넘치고 엄청 시끄러움. 고집이 센 편임.
　　　식탐이 지나쳐 늘 다른 친구들의 간식을 노리고 있음.

에너자이저 두부

공원에서 가장 유명한 에너자이저, 두부는 주변의 모든 친구가 혀를 내두를 정도로 과잉
행동을 하는 왕따견이야. 두부의 반려인은 이 친구를 그냥 '명랑한 성격'으로 믿고 있고,
나 역시 이 친구가 청소년기를 보내고 있어 그런가 생각이 들기도 하지만, 누가 봐도
과한 건 확실해. 이 친구의 문제를 완화할 수 있는 유일한 방법은 넘치는 에너지를
모두 소진할 때까지 운동을 시키는 것이라고 봐.
과잉 행동이란 일반적인 친구들의 범주를 넘어서는 행동을
말하는데 앞에 '지나치게'라는 수식어가 붙는 거지.

두부

지나치게 꼬리를 흔들고,
지나치게 짖고 잘 흥분해.

습관적으로 찢고 부수고 망가뜨리고
야단을 칠수록 더 심해져.

친구들과 놀 때 마운팅을 자주 하는데
그게 놀이인 줄 알아.

갑자기 덤벼들어
놀라게 해.

입질을 자주 하고 걸핏하면
이를 드러내며 위협해.

립스틱이 자주 튀어나와.

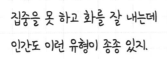

집중을 못 하고 화를 잘 내는데
인간도 이런 유형이 종종 있지.

입마개

공원에서는 이따금 폭력 사태가 일어나곤 해. 공원의
평화를 해치는 중대 사건이므로 관리소에서는 엄격한
규정을 마련해 놓고 있어. 어제 오전에 일어난
싸움은 토박이와 새로 이사 온 신참의 흔한 서열 정리
다툼이었는데, 신참의 격투기 실력이 만만치 않아서
토박이가 병원 신세를 지게 되었지. 가해견인 신참
마루는 앞으로 공원 출입 시 입마개를 반드시 착용해야
한다는 처분이 내려졌어.

나는 어릴 적 피부병으로 병원에 갔을 때
약물 목욕을 거부하다가 단 한 차례, 입마개를 강제
착용한 적이 있어. 자존심이 무너지는 굴욕적인
경험이었지. 어쩔 수 없이 매일 입마개를
써야만 하는 친구들이 생각나.

아르헨티나 출신의 호날두는 죽을 때까지 입마개
없이는 외출을 할 수 없어. 내가 보기엔 성격이
온순한데, 이 친구의 혈통 자체가 위험한 인자를
보유하고 있어서 나라에서 법으로 정했다나?

덴마크 출신의 거구, 데니는 순둥이지만 덩치가 너무 커서 반려인들이 자발적으로 입마개를 쓰게 하지. 언젠가 함께 놀다가 이 친구 발에 밟힌 적이 있는데 큰 바위가 짓누르는 것 같은 고통을 맛봤어.

한밤중에 너무 짖어 대서 아파트에서 쫓겨날 상황에 처한 나비는 성대 수술을 받으러 갔다가 의사의 조언에 따라 입마개를 처방받았어. 짖는 데시벨이 50% 이하로 뚝 떨어져 그곳에서 계속 살고 있다고 해.

다리를 다친 이 친구는 고깔 대신 입마개를 썼고

얘는 시도 때도 없이 풀을 뜯어 먹는 바람에…

나를 행복하게 하는 것

...

여름날 마당에서 솔이와 함께 하는

비눗방울 놀이

솔이

오늘은 주말이라 솔이와 하루 종일 신나게 놀았어. 나는 특별히 솔이에 대해서만은

책임감 비슷한 걸 느껴. 그래서일까? 어떤 친구가 하비에게 짖어 대면

대체로 나는 멀뚱멀뚱 쳐다보기만 하는데, 솔이한테 짖으면 나도 모르게 저리 가라는

경고와 함께 솔이 곁에 바짝 붙어서 경계를 하게 돼. 솔이와 산책을 할 때면

평소와는 다르게 솔이 앞이나 뒤쪽에서 솔이를 살피면서 걷게 되지.

솔이가 내게 특별한 존재인 이유는 솔이만이 유일하게 자신과 나를 동격으로 인식하기

때문이야. 하비를 포함한 모든 어른에게 늘 '아랫것' 취급을 당하며 살아온

내 입장에서는 서로 눈높이를 맞출 수 있는 인간이 존재한다는 사실이

가슴 벅찬 감동이 아닐 수 없어. 물론 솔이도 머지않아 보통의 인간들처럼

성장하고 변할 것이 분명하지만. 금방 지나가 버릴 시간이기에

지금 이 순간이 더욱 소중하고 애틋하며 감사하게 느껴져.

달팽이의 시간

밤새 내리던 비가 그치자 마당 화단에서 잎사귀 위를 천천히 움직이고 있는
달팽이를 발견했지. 솔이는 이 달팽이에게 '꼬물이'라는 이름을 붙여 주었어.
꼬물이는 아주 작고 축축했으며 엄청 느렸어.

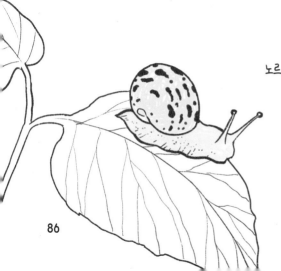

달팽이를 자세히 들여다보았지.
노르스름하고 얇은 플라스틱처럼 생긴 껍데기에는
점무늬가 있고 머리 쪽에는 두 개의
긴 뿔처럼 생긴 더듬이가 있는데 그 끝은
동글고 색이 진했어. 톡 건드리니 더듬이가
쏙 들어갔다가 천천히 다시 나와.

86

납작한 몸통 가장자리에는 주름이 있어. 이 주름이 펴졌다 오므려졌다
하면서 앞으로 나아가. 한참을 자세히 들여다보고 있지 않으면
눈치채지 못할 정도로 느릿느릿 기어가.

시간은 개의 머리로 이해하기에는 너무나 어려운 개념이야. 다만 느리게 움직이는
달팽이의 시간과 나의 시간은 분명히 다르게 느껴질 거라는 생각이 들어.
나의 시간과 인간의 시간 또한 다르겠지. 짐작하건대 느릴수록 시간도 천천히 갈 거
같아. 우리보다 매일매일을 바쁘게 살아가는 인간의 시간은 빠르게 흘러갈 것이고,
그들은 달팽이보다 훨씬 더 빠른 삶을 살아야 하겠지. 정신없이 살면 시간도
정신없이 가고, 느리게 살면 시간도 천천히 가지 않을까? 나는 시간이 뭔지 잘 모르지만,
시간은 누구에게나 똑같지 않으며, 달팽이가 느리다고 늦는 것은 아님을
이해할 수 있을 거 같아. 달팽이의 시간으로 살아 보면 어떨까?
혹시 모르지. 조금 느리게 천천히 서두르지 않고 살다 보면
지금까지 맛보지 못했던 여유로움을 즐길 수 있을지도.

그녀는 예뻤다!

그녀는 예뻤다!

"그녀는 예뻤다!" 아니, 예쁨의 차원을
훨씬 넘어 성스러운 자태라고 해야 하나.
지난 10여 년 동안 이곳 공원에서 마주한
그 누구와도 견줄 수 없는 그녀는 존재 자체가
카리스마였어. 윤기가 흐르는 긴 머리칼이
살랑이는 바람에 흩날리는 옆모습은
공원 안의 모든 수컷들을 전율하게 만들었지.

진정한 사랑은 외사랑이라고 하지 않았던가.
오늘도 나는 먼발치에서 조용히 그녀를 바라보고
있었어. 그녀의 작은 몸짓 하나에도 온갖 의미를
상상하다가 불현듯 지금 이 순간이 내 삶을
통틀어 가장 행복한 시간일 수도 있겠다는
생각이 들었어. 바로 그때. 그녀가 고개를 돌려
나를 바라보았어. 처음으로 눈이 마주친 거야!
오늘이 바로 그날이었어.

"너 똥개지?"

그녀가 내게 다가왔어. 고혹적인 샴푸 냄새에
머릿속이 하얘지는 느낌이었어. 다리가
부들부들 떨리는 것을 참느라 경련이 일어났어.
내가 마른침을 꿀꺽 삼키자 그녀는
부드러운 미소와 함께 내 귀에 대고
나즈막이 속삭였어. "너 똥개지?"

엥…? 사귀자고 프러포즈를 한 것도 아니고 그냥 한두 번 침을 흘리며
쳐다본 게 전부인데 이런 막말을? 자기는 족보가 있는 귀한 신분이라
아무나 만날 수 없다고? 믹스견이라는 고상한 표현은 제쳐 두고
뭐 또, 똥개? 외모에 비해 아주 저렴한 주둥이를 가진 그녀는, 그 순간
고개를 휙 돌리더니 이내 사라졌어. 더욱 짜증이 나는 건 그 뒷모습조차도
몹시 우아해 보였다는 사실이야. 그녀는 여전히 예뻤고, 족보 따위가
있을 리 없는 나의 자존심은 그녀가 남긴 샴푸 향처럼 허망했어.

엥?

허 망 —

닮은꼴

오늘 목격한 커플은 서로 닮아도 너무 닮은 커플이었지. 인간들끼리도 함께 살면

점점 닮아 간다고 하던데 개와 반려인도 모습이 그렇게 닮게 된 걸까?

우리는 인간에 비해 크기, 색깔, 생김새가 다양하고 공인된 품종만 400여 종이야.

우리는 친구를 고를 때 냄새를 중요시하지만 인간은 생김새를 따지지.

인간은 가장 사랑하는 대상이 바로 자기 자신이기 때문에 자기애가 모든 선택의

기준으로 작용해. 그래서 무의식적으로 자신과 닮은 이미지에 끌리고

대상을 자신과 동일시하는 것 같아. 우리는 반려인의 모습을 닮기 위해

어떤 노력도 하지 않고, 할 생각도 없지. 닮은꼴이 되는 것은 인간이

자신과 닮은 개를 선택하고, 자신과 닮은 모습으로 꾸미기 때문이야.

눈치 백단 까미

공원 입구에 아주 작은 매점이 있어. 언제나 졸고 있거나, 깨어 있어도 연신 하품을 하는
아주머니 한 분이 앉아 있지. 아마도 새벽부터 김밥을 말다 보니 잠이 부족해서인 것 같아.
매점 앞에는 아주머니의 파트너인 늙은 개 까미가 늘 같은 자세로 앉아 있어.
재작년 교통사고로 뒷다리 하나를 잃은 까미는 좌우를 두리번거리며 손님을 기다려.
멀찌감치에서 오는 손님을 감지하면 까미는 아주머니를 깨우지. 매점 앞을 그냥 지나가는
사람과 손님을 정확하게 구분해 내는 것은 물론, 때로는 이 손님이 무엇을 구매할 것인지도
예측하여 짖는 소리의 차이로 아주머니에게 알려 줘. 예를 들어 김밥 손님은 짧게 두 번,
복권 손님은 길게 한 번. 해 질 녘이 되면 둘은 벤치에 앉아 남은 김밥을 나누어 먹고
하루를 마감한 다음, 까미는 아주머니 등에 업혀 집으로 돌아가. 매점 손님들은
까미에게 '눈치 백단'이라는 별명을 붙여 주었어. 우리에게 눈치가 빠르다는 것은
그만큼 인간의 마음을 잘 이해한다는 의미가 아닐까.

너희들 여기서
내 얘기하고 있었지?

아닌데.

애견 카페
얘기했어!

아 진짜?

내가 뭐랬어.
쟤 눈치가 장난 아니라니까!

보통이 아니네.

개 조심

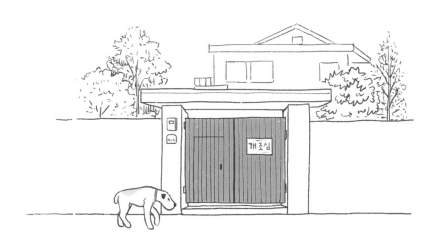

우리 동네에서 유일하게 대문에 개 조심 표시판을 붙여 놓은 집이 있지. 나는 한 번도
그 표시판의 주인공을 본 적이 없어. 이따금 우렁차게 짖는 소리로 봐서 상당히 몸집이
크다는 것은 알 수 있었고, 반려인이 산책을 시킬 수 없을 정도로 난폭할지도 모른다는
생각이 들었어. 그 집 앞을 지나갈 때는 나도 모르게 조심조심 걷게 되고,
혹시 대문이 열려 있는 건 아닌지 살피는 것이 습관이 되었어. 그런데 오늘 그 집주인이
이사를 가면서 모든 베일이 벗겨진 거야. 그 집 마당에는 로티라는 이름의 시커먼 대형견이
철창 안에 갇혀 살고 있었어. 외국 출장이 잦은 반려인과 개를 끔찍하게 무서워하는
그의 아내로 인해 로티는 극심한 불안 상태가 되어 갔고, 어느 날 쌓인 똥을 치우는
반려인의 손을 물어 큰 상처를 입혔어. 그 일이 있고 난 뒤 대문에는 표시판이 붙었고,
비좁은 철창 안에 갇힌 로티는 조심해야 할 대상이 되었던 거지. 이 가족은 아파트로
이사를 가고 로티는 시골 친척 집으로 간다던데…. 로티의 삶이 이제부터라도 행복하길.

장 보는 개, 두리

말 걸지 마.
지금 임무 수행 중이니까!

산책하러 가는 길에서 두리를 만났어. 두리는 '장 보는 개'로 TV에 출연해서 유명해진
리트리버야. 슈퍼마켓 주인은 두리가 물고 온 바구니 안의 돈과 목록을 확인한 후
물건과 잔돈을 통 안에 넣어 주고, 두리는 집으로 돌아가는 10분 동안 절대 한눈을 팔지
않아. 나처럼 주의가 산만한 개는 결코 해낼 수 없는 일이 바로 '한눈팔지 않기'지.
이 친구의 놀라운 집중력은 하루아침에 만들어진 것이 아니야. 리트리버는 사냥개로서
주로 인간이 총을 쏴 떨어뜨린 오리를 넓은 호수 어딘가에서 찾아내 회수(retrieve)하는
임무를 수행했어. 리트리버는 그 임무에 최적화되도록 인간에 의해 오랜 세월 품종 개량이
이루어졌고 필요한 집중력도 함께 키워진 거야. 모든 리트리버는 순종적인 성격으로 태어나.
하지만 얼마 전 좁은 철창 안에 오랫동안 갇혀 있던 한 리트리버가 탈출해서
지나가던 행인을 물어 안락사를 당하는 사고가 있었지. 환경에 따라 우리의 성격과
품성은 그렇게 바뀔 수 있어.

그런데
빈 바구니는 왜 맨날
물고 다니는 거야?

우리 집 양반한테 혼나!
만약 내가 바구니를 안 물고
맨입으로 다니면 길거리에서
아무도 날 몰라볼 거 아냐?

하긴….

개털

나는 비 맞기를 좋아하지도 않지만 크게 거부감도 없어. 다만 얼굴이 젖고 빗물이 눈과

콧구멍으로 들어가는 게 싫을 뿐이야. 우리 몸은 품종에 따라 털의 구조가 다 다르기

때문에 비에 대한 거부감도 달라질 수 있지. 몸집이 큰 친구들은 털이 이중으로 나 있는

경우가 많아. 털이 거칠고 빗물이 피부에 침투하지 못하게 촘촘히 나 있지. 반면 몸이 작은

친구들은 대개 가늘고 성긴 털이 한 종류만 나는 경우가 많고 피부도 더 연약해.

주로 실내에서 생활하는 애완견 문화가 퍼져 나가면서 털도 비나 바람에 취약한 털로

서서히 변화한 거야. 더운 나라에 사는 어떤 친구들은 털이 거의 없다고 하던데,

이런 친구들이 비를 맞으면 인간이 얼굴에 비를 맞는 것 같은 느낌일 것 같아.

온실에서 자란 화초가 야생에서 적응하기 어려운 것처럼 한 겹의 털로 진화한

작은 친구들은 비뿐만 아니라 바깥의 자연환경에 취약할 수밖에 없지.

원래 예쁜 것들은 손이 많이 간다니까.

진돗개 누리

진돗개 누리는 공원에서 나와 가장 친한 친구야. 영리하고 기억력이 뛰어나며
늘 자신감이 넘치는 개야. 한편 치와와처럼 예민하고 고집스럽기도 하고 리트리버처럼
무던한 면도 있지. 나를 포함해서 우리의 대부분은 외국에서 유입된 이민견들이지만,
누리는 조상대부터 이 땅을 지켜 온 정통파 한국 개라서 그런지, 이 나라 사람의
고유한 품성을 닮았다는 느낌이 들어. 외부인들에게 약간 배타적이고 경계심이 있지만
한번 친해지고 정들면 아낌없이 내주는 민족성도, 지고는 못 사는 강한 자존심도 그래.
누리는 타고난 사냥개여서 무언가 움직이면 반사적으로 쫓아. 모든 사냥개가
그런 것처럼 누리도 공이나 막대기 물고 오기에 진심이야. 던지는 사람이 팔이 아파
포기할 때까지 전력을 다해 왔다갔다를 반복하지. 혀를 길게 빼고 가쁜 숨을
헐떡일 때 누리는 이 세상에서 가장 행복한 개가 돼.

우리 엄마는 진도에 살았는데
사료를 먹어 본 적이 없었대.

와!
좋은 시절이었네!

된장국에, 나물 비빔밥에, 누룽지에…
아무튼 인간이랑 똑같이
먹고 살았대.

와!
행복하게 오래오래
사셨겠네.

오래오래는 무슨…
3살 때 삼계탕 먹다가
돌아가셨어.

삼계탕?

별이와 할머니

별이는 처음으로 할머니와 산책을 합니다.
아장아장 걸음마를 배우는 중이라 할머니 품에
꼭 안긴 채로 나무와 하늘과 건물을 봅니다.

별이와 할머니는 하루에 두 차례 어김없이
산책을 합니다. 별이가 팔짝팔짝 뛰고 싶어 하자
할머니는 잰걸음으로 뒤쫓아 갑니다.

세월이 많이 지났지만 할머니와의 산책은 계속 됩니다.
할머니의 손에는 언제나 별이를 위한 배변 봉투와 간식이
들려 있습니다. 할머니가 피곤해 하실까 봐
별이는 뒤를 돌아보며 천천히 걷습니다.

이제 할머니는 지팡이에 의지해
겨우 한 발짝씩 걸음을 옮깁니다.
16년 세월이 지나도록, 끈으로 이어진
두 할머니의 산책은 오늘도 계속됩니다.

떨어져서는 못 살아!

 7월 11일

옆집에 사는 꼬미는, 이른바 분리 불안 증세가 심각한 친구야.
반려인에게 껌딱지처럼 달라붙어 한순간도 혼자 있는 것을
견디지 못하지. 주변에는 이런 친구가 꽤 많은데 선천적인
이유도 있고, 후천적인 이유도 있어. 꼬미는 두 가지 이유가
뒤섞여 매우 심각한 상태야.

우리들 중에는 선천적으로 의존 성향이 강하고
불안에 취약한 혈통인 친구들이 있고,
타고난 건강 상태가 약해
불안이 높은 친구들도 있어.

후천적인 요인은 환경이야. 우리와 반려인의 관계는
갓난아이와 엄마의 관계와 같아. 아이에게 엄마의 부재는
곧 죽음을 의미하는 것처럼 우리를 보살피는 반려인과의 분리는
최악의 공포일 수밖에 없어. 특히 어렸을 때 경험한 공포는
강력한 트라우마가 되어 평생을 지배하거든.

나이가 들어서 생기는 분리 불안은 여러 가지
질환에서 비롯되는 경우가 많아. 병에 걸려서 몸이
약해지면 마음도 약해지고 아기 때처럼 불안해져.
그래서 많은 노견이 분리 불안으로 힘들어하지.

우리는 결코 분리 불안으로부터 자유로울 수는 없어.
나 역시 약한 몸으로 태어나 처음 입양된 지
한 달 만에 건강 문제로 파양된 아픔이 있으니까.
다행히 나는 하비를 만나 말끔하게 치유됐고
지금까지 건강하게 잘 지내고 있으니 운이 좋은 거지.

하지만 많은 친구들이 언제 반려인이 바뀔지 모른다는
불안감을 가지고 살아갈 수밖에 없는 게 현실이야.
분리 불안으로부터 완전히 자유로운 하루님을 보면,
오히려 정이 많고 충성심이 깊을수록 분리 불안이 높은 건 아닐까
하는 생각이 들어. 우리도 정신 건강을 위해 인간에게
너무 많은 정을 주지 말고 편안하게 살아야 해!

꿈속의 아롱이

악몽을 꿨어. 옆에서 자던 똥꼬가 끙끙대던 나를 깨워 얼마나 고마웠는지 몰라.

얼마 전 애견 카페에서 잠깐 보았던 아롱이. 그녀의 예쁜 뒷모습이 자꾸만 눈앞에

아롱아롱하더니 결국 꿈에 나타난 거야. 아롱이는 윤기 나는 곱슬머리에 반질거리는 작은

코가 너무나 매력적이야. 꿈에서 나는 푸르른 공원의 느티나무 아래 누워 느긋하게 낮잠을

즐기고 있었어. 어디선가 향기로운 냄새가 나서 고개를 들자, 나무 뒤에서 누군가

나타났어. 아롱이였어. 아롱이는 내 옆에 앉아 말없이 길고 촉촉한 혀로

내 귀와 콧잔등을 부드럽게 핥아 주었어. 나 역시 그녀의 목과 가늘고

긴 다리를 핥아 주었고 이제 마지막 과정만을 남기고 있었지. 그녀는 일어나

몇 발자국 가더니 뒤를 돌아보며 눈짓을 보냈어. 나는 벌떡 일어나

그녀의 등을 향해 있는 힘껏 점프를 했어. 그 순간 목 언저리에

강한 충격이 느껴졌어. 아무리 앞으로 가려 해도 더 이상 단

한 발짝도 나아갈 수가 없는 거야. 그녀는 여전히 예쁜 미소를

지으며 꼬리를 흔들었어. 나는 죽을힘을 다해 발버둥쳤지만,

야속한 느티나무는 꿈쩍을 않고…. 꿈 이야기를 다 들은 똥꼬가 말했어.

자기가 들은 러브 스토리 중 가장 아름다운 이야기라고.

지금은 목줄 때문에 좀 그래.
이따가 밤에 오빠가 담 넘어서
너희 집 뒷마당으로 갈게!

피부병

오늘은 병원에 다녀왔어. 어제부터 이곳저곳이 가려워 벅벅 긁고 있는데 하비가
돋보기를 들고 자세히 들여다보더니 진찰을 받기로 한 거야. 진단명은 별것 아닌
피부 건조증. 벼룩이나 모낭충, 진드기 등 기생 벌레가 안 나와서 진짜 다행이지.
예전에 무슨 곰팡이 때문에 피부병에 걸린 적이 있는데 냄새가 구린 약물 목욕과
끈적끈적한 연고를 견뎌야 했어. 무엇보다 한참 동안 불편한 물건을 목에 두르고 지내야
했던 거야. 우리 피부는 인간보다 훨씬 더 예민하지. 특히 습도에 민감하고,
샴푸도 인간용보다 거품이 덜 나는 약한 샴푸를 써야 해. 목욕 후에는 완전 건조를
해 줘야 탈이 없어. 우리 조상도 지금 우리처럼 피부병에 잘 걸렸을까? 인간이 우리를
이렇게 약한 피부로 만든 것은 아닐까? 충분히 의심해 볼 만해…. 맞아.

놀이터에서 노는 법

망치야!

공원에는 작은 놀이터가 있어. 그곳에서 솔이와 나는 함께 즐거운 시간을 보내곤 해.
솔이랑 내가 함께 놀 수 있는 기구는 시소야. 하비의 도움을 받아 내가 먼저
자리를 잡고 앉으면 무게 중심을 맞춰 솔이가 앉아 오르락내리락 시소 놀이를 해.
떨어질까 봐 아슬아슬한 재미가 있지. 우리가 좋아하는 또 한 가지 기구는
통으로 만든 미끄럼틀이야. 솔이가 나를 안고 통 속으로 들어가면 캄캄한 어둠 속에서
흔들거리고 어지럽다가 갑자기 밝아지면서 통 밖으로 쑥 빠져나오지.
한번은 솔이가 나오기를 기다리고 있는데, 갑자기 통 안쪽에서 엄청나게 우렁찬
목소리가 쩌렁쩌렁 울리며 "망치야!"하고 나를 부르는 거야. 정말 깜짝 놀랐어.
인간들은 별 신기한 것을 다 만들어 내.

아주아주 작은 벌레

오늘은 마당에서 놀다가 무척 흥미로운 광경을 보았어. 아주아주 작고 까만 벌레들이

길게 행렬을 지어 이동하고 있는 거야. 자세히 들여다보니 이 벌레들은 입에 아주아주

작은 가루 하나씩을 물고 있었는데 놀랍게도 내 사료 부스러기였어. 수백 마리가 힘을 모아

내 밥을 어디론가 옮기고 있었던 거지. 내가 한 마리를 툭 건드려 보았더니 깜짝 놀랐는지

당황스럽게 이리저리 움직였고 근처에 있던 다른 녀석들도 덩달아 흥분하여

길게 이어지던 줄이 중간에서 흐트러지고 말았어. 그중 한 녀석은 입에 물고 있던 조각을

내팽개치고 내 코를 향해 덤벼들었어. 콧구멍 속으로 들어오려고 해서 '흥' 하고 콧바람을

날려 내쫓았지. 잠시 시간이 지나자 평온을 되찾은 행렬은 다시 이어졌어.

나는 깨달았어. 먼지만큼 작은 이 벌레도 나처럼 생각이란 걸 한다는 사실을!

뿐만 아니라 자기의 생각을 동료에게 전달하고, 위험이 닥치면 힘을 합쳐

해결하는 방법까지 알고 있었어. 어쩌면 이 벌레도 나처럼 별것도 아닌 일로 고민하고

꿈도 꾸면서 사는지도 몰라.

휴— 자세히 보다가
간 떨어질 뻔했네….

알 수 없는 동물, 닭!

뭘 봐?
지렁이 먹는 거
첨 봐?

낮잠을 자다가 이상한 냄새에 눈을 떴더니 닭이 지렁이를 쪼아 먹고 있었어.

나는 닭이 싫다. 아니, 솔직히 무섭다! 닭한테 심하게 쪼여 본 적도 없는데

가까이 가기도 꺼려져. 특히 번뜩이는 닭의 눈과 마주치면 나도 모르게 소름이 돋아.

닭들은 내가 오기 전부터 우리 집 뒤뜰에 살고 있었어. 이제는 익숙해질 만한데

이상하게도 이 동물은 볼 때마다 낯설고 두려워. 닭을 생각만 해도 식은땀이 나고

닭이 꿈에 나타날까 겁이 나서 잠을 못 잔 적도 있어.

그런데 닭은 나를 투명 개 취급을 해. 바로 내 눈앞에서 밥그릇에 남겨 둔 사료를

쪼아 먹고, 낮잠 자고 있을 때 내 꼬리를 밟고 지나가기도 하는 거야.

내가 짖어도 쳐다보지도 않아. 가끔 지나다니는 길냥이도 어느 정도 소통은 가능한데,

닭은 어떤 방법으로도 소통이 불가능해. 닭은 정말이지 '알 수 없는 동물'이야.

마음이라는 안경

8월 25일

살아가면서 우리는 여러 가지 두려움과 마주치게 돼.
두려움이 클수록 불안이 커지고 불안이 커질수록
부정적이고 방어적인 생각들이 머릿속을 채우지.
누구나 두려움과 불안에서 완전히
벗어날 수는 없는 거 같아.

나는 후각에 비해 청각이 예민한 편이야. 그래서 그런지 나는 세상에서 천둥 번개가
제일 무서워. 꽝! 천둥소리를 듣는 순간, 온몸이 부들부들 떨리는 패닉 상태가 되어 버려.
어릴 적부터 시작된 발작에 가까운 나의 천둥 공포는 시간이 지나도 전혀 나아지지
않았고, 오늘처럼 비가 쏟아지는 밤이면 극도로 불안해져.
어느 날 안절부절못하는 나를 본 하비가 눈치를 채고
지하에 있는 하비의 작업실로 데려가 잠자리를
마련해 주었어. 지하실은 조용했고 나는 편안한 밤을
보낼 수 있었어. 그날 이후 마음이 불안해지면
지하실 문을 두드리는 습관이 생겼어.

우리는 '마음'이라는 안경을 쓰고 세상을 봐.
마음이 편안하면 세상도 천국이 되고, 불안하면
지옥이지. 내 마음을 내 마음대로 조절할 수 있다면
참 좋겠지만, 문제는 내 마음을 나도 모른다는 것!

날씨가
찌뿌둥하네?

날씨는 멀쩡해.
네 마음이 찌뿌둥할
뿐이야.

혼자만의 시간

오늘은 왠지 기분이 꿀꿀한 날이다.

인간이 이걸 이해할 수 있을지 모르겠지만,

우리도 혼자만의 시간이 필요할 때가 있지.

우리도 어쩔 수 없는 감정의 동물이라

외로움을 느낄 때도 있고 우울할 때도 있어.

때로는 가까운 친구도, 살가운 가족도 도움이 되지 않아.

나 혼자 스스로 내 감정을 다스릴 만큼

어느 정도의 시간이 흘러야만

그 감정은 묻히지 않고 해소될 수 있어.

혼자 있고 싶은 친구는 혼자 있도록 내버려두었으면 해….

118

집 보기

9월 10일

"망치야, 집 잘 보고 있어!" 하비가 외출하면서 늘 하는 말이지. 잘 보란 얘기는
잘 지키라는 뜻인 것 같은데, 사실 내겐 무언가를 지킬 만한 능력이 없어. 만약 도둑이
들어왔다 하더라도 지금까지 단 한 번도 인간을 공격해 본 적이 없는 내가 무슨 재주로
도둑을 쫓아낼 수 있겠어? 나는 '이 집이 그냥 빈집이 아니니까 그리 아세요'라는 의미의
상징물로서 나의 소임을 다 할 뿐이야. 나는 담벼락을 타고 올라가 대문 지붕 위에
자리를 잡아. 그곳은 시간을 보내며 가족들을 기다리는 나만의 전망대야. 오늘은
앞집 세탁소 아주머니가 비닐 주머니를 들고 길을 건너왔어. 나를 무척 좋아해서
내가 좋아할 만한 간식을 자주 챙겨 주는 고마운 인간이지. 아주머니가 대문 밑으로
밀어 넣어 준 오늘의 특별 간식은 살이 제법 많이 붙어 있는 족발이었어. 나는 하비로부터
외부 인간이 주는 음식은 먹지 않도록 교육을 받았기 때문에 잠시 내적 갈등이 있었지.
하지만 앞집 아주머니는 분명 내가 모르는 외부 인간이라 볼 수 없으므로 맛있게 족발을
뜯어 먹었어. 혹시라도 증거가 남을까 봐 뼛조각까지 깔끔하게!

우리도 감정의 동물이다!

내가 아는 모든 인간은 우리도 자기들처럼 감정을 느끼는 동물이라는 사실을 잘 모른다.
모르는 게 이해는 안 되지만 하비처럼 알면서 모르는 척하는 것은 타고난 오만함과
우월감에서 비롯된 게 아닐까? 하비와 나는 거의 매일 일정한 시간에 산책을 하지만,
가끔은 나도 가고 싶지 않을 때가 있어. 하비가 가기 싫을 때는 당연히 거르는
산책이지만, 내가 가기 싫을 때는 강제로 끌려가는 기분이라도 가야 해. 내가 나가고
싶을 때는 산책 시간에 맞춰 목줄이 있는 현관에서 대기하고 있지. 하지만 내키지
않거나 그냥 혼자 있고 싶을 때는 현관에 나타나지 않는다는 걸 하비가 모를 리가 없어.
그런데도 굳이 나를 불러내 산책하러 나가는 것은 일종의 학대가 아닌가 싶어. 그뿐만
아니지. 가끔 술을 마시고 들어온 하비가 양손으로 내 귀를 붙잡고 내 콧구멍에 악취를
불어 넣는 만행을 저지르곤 하는데 이건 일종의 가정 폭력이라 해야 하지 않나?
이것저것 섞인 알코올 냄새는 나를 질식시킬 만큼 지독하니까. 하비는 각성하라!!

우리에게도 표정이 있어

9월 22일

우리도 인간과 마찬가지로 화난 얼굴보다는 기쁜 얼굴, 시무룩한 얼굴보다는 밝은 얼굴을
보는 것이 더 좋아. 우리는 늘 함께 사는 반려인의 감정 상태를 살피며 살아야 하는
입장이기 때문에, 이 문제에 있어서는 인간보다 훨씬 민감하지. 우리는 인간만큼 미세한
표정을 지을 수는 없지만 우리 나름의 표정이 있고 우리들끼리는 그것을 읽어 낼 수 있어.
나는 공원에서 오랫동안 많은 반려인과 반려견 커플을 관찰하면서 한 가지 재미있는
사실을 알게 되었어. 반려인의 표정에 따라 개의 표정이 결정된다는 거야. 감정 기복에
따라 반려인의 표정이 자주 변화하면 반려견의 표정도 불안하고, 편안한 얼굴이면
반려견의 얼굴도 안정감이 느껴지지. 늘 화난 것처럼 무서운 표정의 반려인은 반려견의
표정도 주눅 들게 만들어. 그래서 이제는 친구들의 표정으로 반려인의 얼굴을 상상할 수
있게 됐어. 그러고 보면 늘 생각에 잠겨 있는 듯 멍한 표정을 하고 있는 하비 때문에
내가 이렇게 생각이 많은 개가 된 건 아닐까 하는 생각도 들어.

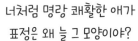

너처럼 명랑 쾌활한 애가
표정은 왜 늘 그 모양이야?

그냥 이렇게 생긴 것뿐이야!
너는 내가 이 얼굴을 갖게 된 게
나 때문이라고 생각하니?

그렇지.
그, 그건 아니지….

흔적 남기기

공원은 넓지만 산책을 하다 보면 대개 코스가 일정해져. 하비는 오랜 세월 나와 함께 산책하면서 내가 좋아하는 배설 장소와 내 몸짓을 통한 배설 타이밍을 파악하고 있기 때문에 응가 장소가 가까워지면 주머니에서 봉투를 꺼내 들어. 내가 쉬하는 곳은 일정하지 않은데, 조금 전 누군가가 쉬를 한 자국 위에 엎어치기로 쉬하는 걸 좋아해. 나의 오줌양은 원래 자국보다 큰 자국을 남기기에 충분하지. 이유는 잘 모르겠지만 누군가의 흔적을 없애고 내 흔적만 남기는 행위는 특별한 쾌감이 있어.

다른 친구들의 똥 냄새는 우리의 호기심을 자극해. 공원이나 거리에서 우리가 싼 똥은 반려인이 대부분 수거해 가지만, 가끔 원래 상태 그대로 남아 있을 때가 있어. 한번은 하비가 운 나쁘게도 그걸 밟아 버렸지. 잔뜩 짜증을 내며 잔디에 이리저리 비벼서 닦고 신발 바닥을 물로 씻어 냈지만, 오랫동안 냄새는 지워지지 않았어.

나는 심심하면 그 신발을 찾아내 오래 숙성된 치즈 같은 깊고도 묘한 향을 즐기곤 하지.

공원 폭행 사건

오늘 공원에서 경찰까지 출동한 폭행 사건이 있었어. 진돗개에게 입마개를 씌우지

않았다는 지적에 말다툼이 시작되었고 욕설이 오가다 결국 폭력 사태로 번진 거지.

내가 그 장소에 있지 않아서 두 인간 사이에 어떤 말이 오갔는지 정확히 알 수는 없어.

하지만 미루어 짐작건대 "우리 애는 착해서 안 물어요" 혹은 "우리 애한테 왜 그러시는

거예요?"에서 시작되었고, 인신공격에 감정싸움으로 격화되어 "이 XX가 나를 뭐로

보고"에서 주먹이 오갔을 가능성이 커. 반려견을 키우는 집이 매년 늘어가고 있다고 하지만

개를 싫어하거나 무서워서 키우지 않는 집도 있을 거야. 반려인은 개를 싫어하는 사람들의

입장도 생각하고 배려할 줄 알아야 해. 그래야 우리가 수많은 사람이 눈살을 찌푸리는

혐오의 대상이 되는 것을 막을 수 있지!.

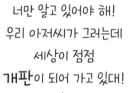

쌍둥이 푸코와 가을이

우리가
쌍둥이래!

그래서?

헤어졌던 가족의 만남은 우리에게 매우 드문 일이지. 6년 전, 한 보스턴 테리어가

강아지 두 마리를 낳자, 보호자는 강아지들을 가까이 지내던 두 집에 각각 입양을 보냈어.

평소에 알고 지내던 두 집은 날을 잡아, 오늘 공원에서 이 친구들을 만나게

해 준 거야. 인간들의 기대와는 달리 이들 남매는 전혀 반가워하는 기색이 없었지.

그냥 서로 멀뚱멀뚱 쳐다보다가 냄새를 맡아 보고 이내 무관심 모드가 되었어.

둘 다 중성화 수술을 해서 마운팅을 하는 불상사가 없었던 게 다행이었어.

푸코의 반려인은 SNS 중독자야. 푸코가 강아지 시절 사진을 찍어 SNS에 올렸는데,

'통통한 게 너무 이뻐요'라는 댓글에 꽂혀 더욱 통통하게 만들었고, 팔로워가

계속 늘면서 지금은 평균의 두 배에 달하는 뚱견이 되고 말았어. 이미 관절에 이상이 생겨

보행이 힘든 상태야. 반면 가을이는 근교의 마당 넓은 전원주택에서 두 아이와 함께

밝고 건강하게 살고 있었어. 푸코가 웅크리고 앉아 방어적인 태도를 보였던 것에 반해

가을이는 적극적이었지. 쌍둥이로 태어났지만, 서로 다른 성장 환경이 이 둘을

어떻게 다르게 만들었는지 그대로 보여 주는 장면이었어.

긍정 만세 토토

내 친구 토토는 긍정의 아이콘이야. 언제나 싱글벙글, 약 올려도 싱글벙글.

이 친구를 보고만 있어도 긍정적인 에너지가 내게 전해지는 것 같아 덩달아 기분이 좋아져.

오늘 이 친구를 만났을 때 나는 그동안 궁금했던 질문을 했어.

"너는 고민되거나 힘든 일이 없어?" 토토는 웃으며 "왜 없겠어. 당연히 있지.

그런데 힘든 표정 짓는 방법을 잊어 버렸어"라고 대답하는 거야.

토토는 과거에 맹인 안내견으로 활동을 했어. 안내견 학교에서 약 2년간

특수한 교육을 받았는데 가장 중요한 핵심은 본성을 억누르고 참아 내며

자신의 역할에만 집중하는 훈련이었다고 해. 오랜 시간 오줌이 마려워도 참아야 하고

배가 고파도 참아야 하는 안내견 일을 하면서 토토는 자기도 모르게

자신의 힘든 내면을 감추는 것이 일상이 되어 버린 거야.

17살 후추

후추가 1년 만에 산책을 나왔어. 산책이라기보다는 반려인의 품에 안겨 해바라기하러
공원에 나온 거야. 더 이상 걷지 못하게 된 후추는 가쁜 숨을 몰아쉬며 벤치에
엎드려 있었어. 가끔 고개를 들어 예전에 자신이 뛰어놀았던 잔디밭과 놀이터를
번갈아 바라보면서. 후추의 몸은 많이 병들어 있었어. 어쩌면 오늘이
후추의 마지막 공원 산책이 될지도
모른다는 생각이 들었어.

후추의 나이는 17살이야. 이미 4년 전부터 노령으로 인한
변화가 시작되었지만 반려인 덕에 지금까지
씩씩하게 여러 가지 질병과 싸울 수 있었어.
사려 깊은 반려인은 후추의 몸이 변화하는 과정을
일기를 쓰듯 기록하고 있어.

"이곳저곳 머리를 부딪히는 일이 잦아졌다.
백내장 때문이었다. 눈 수술을 마치자 시력은
좋아졌지만, 눈에 띄게 수척해졌다."

"행동이 점점 느려지고 푸석푸석해진 털이
많이 빠졌다. 택배 아저씨가 벨을 눌러도
후추는 더 이상 짖지 않는다. 평소에 하지 않던
배변 실수를 하고 식탐이 사라졌다."

"물만 마셔도 토한다. 자다가 자주 깨고
쌕쌕하는 숨소리가 애처롭게 들린다. 가끔
경련을 일으켜 가슴을 쓸어내리기도 한다."

"그렇게 좋아하던 닭고기 캔을 쳐다보지도 않는다.
몸무게가 많이 줄어서 들어 보면 가뿐하다."

이제 후추는 머지않아 무지개다리를 건너 새로운
세상으로 떠나게 되겠지. 17년 전, 지금은 성인이 된
반려인이 유치원에 다닐 때 아빠를 졸라 입양하였고,
그의 곁에서 훌륭한 반려견으로서 사랑을 주고
사랑받으며 살아온 후추. 우리 모두 부러워할 만한
멋진 삶이었다고 꼭 말해 주고 싶어. 후추 안녕….

잠시 기다려 주길

우리가 산책을 좋아하는 가장 큰 이유는 새로운 냄새 때문이지. 집 안에 있을 때와
달리 바깥세상은 온갖 종류의 냄새가 우리의 모험심과 호기심을 자극해.
그중 가장 큰 호기심의 대상은 친구들과 사람의 냄새야. 우리가 낯선 사람의 냄새를
맡기 위해 다가가면 우리의 특성을 이해하는 소수를 제외하고 대부분은 우리를 피하지.
어떤 경우에는 소스라치게 놀라 소리를 지르기도 하고, 발로 차는 등 폭력적인 반응을
보일 때도 있어. 이 때문에 행인과 반려인 간에 싸움이 일어나기도 하고, 입마개를 안 한
개가 자신을 물려고 덤벼들었다며 경찰에 신고하는 사람도 있어. 자기에게 다가온 개가
자기를 공격할 것이라는 두려움은, 개와 인간의 행복한 공존을 가로막는 가장 큰
걸림돌이야. 우리는 아무 이유 없이 인간을 미워하거나 공격하지 않아!
모르는 개가 다가오면 눈을 마주치거나 만지려 하지 말고 가만히
기다려 주면 되는 건데…. 모든 사람이 개에게 기꺼이 냄새 맡기를
허용하는 사회가 되기를 간절히 기대해 본다!

작고 네모난 기계

내가 아는 모든 인간은 작고 납작한 네모 모양의 기계를 하루 종일 들여다보고 살지.
도대체 그 안에 뭐가 들어 있는지 모르겠지만 그 기계에다 대고 말을 하고, 기계가 뭐라고
지껄이는지 귀를 귀울이고, 때로는 손가락으로 두드리며 즐거워하기도, 슬퍼하기도 해.
그 기계 때문에 하비와 놀 수 있는 시간이 점점 줄어들고 있는 것 같아. 그 기계가
없어졌으면 하는 생각을 한 적도 있어. 그런데 오늘 실제로 그 일이 일어났어!
하비가 정신없이 온 집 안을 뒤지며 그 기계를 찾고 있는 거야.
나한테도 "망치야, 내 폰 못 봤니?"라고 묻기까지 하면서. 하비가 하도 땀을 흘리며
여기저기를 들추고 왔다 갔다 해서 나까지 정신이 사나울 지경이었어. 나는 그 모습을
지켜보며 인간이 애착하던 물건이 사라졌을 때 얼마나 이상하게 변할 수 있는지
알 수 있었어. 바로 그때 내 귀에 드르륵드르륵 이상한 소리가 들렸어. 내가 세탁실 문을
긁어 대자 멍한 표정으로 앉아 있던 하비가 소파에서 일어났어. 결국 세탁기 안에서
빙빙 돌아가던 기계를 꺼내고 나서야, 하비도 다시 안정을 찾았어.

139

하비의 만행

이건 학대가
분명해!

나는 언제나 스스로 '개다운' 개가 되기 위해 노력하지. 그러나 하비는 가끔 반려인다운
반려인이 되기를 포기하는 것 같아. 우리의 상호 관계 기본 구도는 간단해.
하비는 나를 보살피고 나는 보살핌에 보답하기 위해 늘 성실한 충성심을 보여 주면 돼.
하비의 보살핌은 기본적으로 먹을거리와 잠자리를 제공해 주고 거기에 나를 배신하지
않는다는 의지가 포함되지. 인간과 우리의 역사를 볼 때 우리는 자신의 보호자를 배신하지
않지만, 인간은 그렇지 않았어. 그래서 우리 DNA 안에는 배신에 대한 공포가 내재되어
있지. 나는 인간의 다양한 배신 행위 가운데 가장 흔한 것이 정신적 학대라고 생각해.
이것은 때로는 교묘하게, 때로는 무의식적으로 빈번히 행해지지. 우리를 인간으로
착각해서 벌어지는 학대, 온갖 간섭과 통제로 길들이기 위해 행해지는 학대도 있어.
아마 인간이 단 하루라도 우리 입장이 되어 본다면 참기 힘든 수치심으로
자존감이 무너지고, '내가 이렇게 살아야 하나'하는 자괴감이 들 것이 분명해.
오늘 하비는 하필이면 내가 제일 좋아하는 찹쌀탕수육을 야식으로 먹으면서
몹시 괴로워하는 나를 조롱하듯 쳐다보기만 하는 거야.
일기와는 별도로 학대 장부를 만들어 하비의 만행을 조목조목 기록해 두어야겠어!

기다려!

오늘 또 악몽을 꿨어. 꿈의 내용은 항상 똑같아. 하비가 내가 제일 좋아하는 간식을
내 콧잔등이나 이마 위에 올려놓고 '기다려'를 명령한 다음 어디론가 사라져 나타나지
않는 거야. 나는 식은땀이 나기 시작하고 다리가 부들부들 떨리면서 뒷목이 뻣뻣해져.
나중에는 나도 모르게 침이 흘러내려 목과 가슴이 축축해지지. '기다려!'는 원래 하비와 나
사이에 암묵적으로 용인된 놀이이고, 서로 간의 신뢰를 다지는 약속과 같아. '기다려'와
'먹어' 사이의 시간은 짧을수록 좋지만, 살짝 길어진다 해도 약간의 긴장감을 맛본다는
차원에서 이해할 수 있어. 하지만 작년 어느 날 하비가 '기다려'를 해 놓고 갑자기
전화를 받으러 간 30분은 참으로 고통스러웠고 치욕적이었어. 육체적인 고통보다 더 큰
정신적인 고통을 맛봤지. 너무 분한 나머지 그전까지 내가 하비에게 지녔던 존경과
신뢰가 한순간에 무너지는 걸 느꼈어. 길들였으면 책임을 져야지!

하비의 장난감

하비는 장난감이 엄청나게 많아.

나는 공 하나로 충분히 만족하지만 하비는

셀 수 없이 많은 장난감으로도 만족을 못 하는

인간이야. 거기다 하비는 내가 자기의 장난감을

망가뜨리기라도 할까 봐 늘 주의를 주거든.

오늘, 그의 새로운 장난감이 눈에 띄었어.

작은 TV처럼 생겼는데 창 아래쪽에 작은

네모들이 다닥다닥 붙어 있었어. 아주 살짝

건드려 봤더니, 못 보던 어떤 개의 섬뜩한

얼굴이 갑자기 나타나는 거야. 헐! 지금까지

내가 본 개 중에서 최고로 못생긴 개였어.

책 읽는 망치

오늘은 그동안 하비가 벌여 온 사기 행각을 만천하에
고발한다! 하비는 어느 날 SNS에 '책 읽는
망치'란 제목의 사진을 올려 엄청난 조회수와
'좋아요'를 기록했지. 마치 내가 굉장한 독서광인 것처럼 묘사해 놓았는데 완전 사기였어!
나는 글을 읽기는커녕 눈이 나빠서 글자가 잘 보이지도 않는데. 그 사진은 '책을 그냥 보고
있는 망치'라고 솔직하게 밝혀야 했어.

하비의 파렴치한 눈속임은 이뿐만이 아니야. 친척들이 모였던 어느 날, '말을 알아듣는
망치 쇼'를 진행했어. 방석 밑에 테니스공을 숨긴 다음 내게 "망치, 공 가져와"라고
명령하면 내가 방석을 들추고 공을 물고 하비에게 갖다주는 거야. 이 정도야 쉽게
통과하지. 뭐가 눈속임인지 모르겠다고? 아니, 진짜 사기 쇼는 이제부터야.

하비는 거실 구석에 색깔이 다른 두 개의 공을 놓아두고 "망치, 빨간 공 가져와"라고 해.
우리는 적록 색맹이라 색깔 구분이 불가능한데, 빨간 공을 내가 어떻게 알아보겠어?
하지만 사실 그건 하비와 내가 늘 해 왔던 놀이거든. '빨간 공'을 말할 때는 하비가
오른쪽 눈을 깜빡이고, '파란 공'을 말할 때는 왼쪽 눈을 깜빡여서 내게 신호를 보내.
빨간 공과 파란 공은 소재가 다르기 때문에 냄새로 금방 구별할 수 있어.

하비의 사기 쇼를 보고 가족들은 나한테 천재 개라며 박수를 치지.
나는 어쩔 수 없이 하비를 도운 공범이지만 내부 고발 차원에서 진실을 밝히고자 해.
하비의 만족을 위해 내가 장단을 맞춰 준 거란 사실 말이야.

146

의인화

인간은 무엇이던 자신들의 기준으로 이해하려는
심리가 있는 거 같아. 길쭉하게 서 있는 바위를 보고
처녀 바위라고 부르고, 두 개가 마주 보고 있으면
부부 바위라고 하잖아. 심지어 자기들이 믿는
신들도 인간의 모습으로 묘사하지. 그런 심리는
우리들한테도 마찬가지야.

인간은 우리를 인간 어린아이로 의인화하길 좋아해.
의인화의 폐단은 인간과 우리의 바람직한
동반 관계를 해치고, 흔히 말하는 '문제견'을
만들기도 하지. 우리의 고유한 생활 방식과 습성은
무시하고, 인간처럼 되기를 가르치고 길들이려 해.
왜 우리가 자신들과 전혀 종이 다른 존재라는
사실을 인지하지 못하는 걸까?

우리에게는 필요하지도 않고, 불편하기까지 한 옷을 입히고 신발을 신기고 좋아하지. 색깔도 성별 따라 고르고, 다양한 행사용 복장까지 구비해 놓고. 무슨 만화 캐릭터처럼 볼과 귀의 털을 염색하는가 하면, 몇 년에 걸쳐 인간처럼 2족 보행을 훈련시켜 나중에 심각한 척추 질환에 시달리게 만들기도 해. 이렇게 인간에 가깝게 만들어진 모습은 동영상으로 전 세계에 공유되고 인간들은 환호하지.

사실 나도 경험한 적이 있어. 하비도 어쩔 수 없는 인간이기에 나를 이렇게 꾸며 놓고 사진을 찍어 어딘가에 올렸지. 불편하고 귀찮았지만 나도 이 정도는 해 줘야지 하는 생각으로 꾹 참았어. 결과는 대박! 하비는 몹시 좋아했어!

개의 표정

왜 인간은 우리를 무서워하는 걸까? 왜 개가 자신을 물지도 모른다는 두려움을 갖는
걸까? 스스로 애견인이라고 자부하는 인간들조차도 자신의 반려견을 제외하면 우리를
무서워하기는 마찬가지야. 아무렇지도 않은 척 처음 보는 개를 쓰다듬지만, 실은 나름
조심스럽게 용기를 낸 행동인 거지. 가만히 생각해 보면 서로 말이 통하지 않기 때문인 거
같아. 소통이 안 되니 서로 어떤 마음인지 알 수 없고, 모르니 두려워질 수밖에 없지.
인간은 다른 사람의 감정 상태를 그 사람의 미세한 얼굴 근육의 변화를 보고
감지하지만, 털로 덮여 있는 우리의 얼굴은 그런 표정을 짓지 못하잖아.
우리 중에도 여러 가지 방식으로 감정을 잘 표현하는 친구들도 있지만, 대부분은 무표정으로
일관해서 인간이 감정 상태를 파악하기 힘든 경우가 많아. 무표정은 보는 사람의 감정에
따라 해석이 달라질 수 있지. 오늘 산책을 하던 중에, 하비가 늘 무표정하게 앉아 있는
달구를 보고 "쟤는 왜 저렇게 기분 나쁜 표정으로 우리를 쳐다보는 거야?"라고 하는 거야.
나는 하비가 지금 기분이 별로인가 보다 생각했어.

나도 귀여운 강아지 표정을
짓고 싶은데 이게 연습으로
될 일이 아니네!

쯧 쯧.. 애쓴다.

할머니

이 집에 사는 할머니는 특이한 인간이라 할 수 있어. 할머니는 함께 사는 내게 말을 건넨
적이 없고 쓰다듬어 준 적도, 밥이나 간식을 줘 본 적도 없지. 할머니에게 나는 반려견이
아니라 움직이는 가구와 같은 존재라는 생각을 한 적도 있었어. 그러나 할머니가 나름의
방식으로 나를 아껴 주고 있다는 사실을 알게 되면서 할머니를 좋아하게 됐어.
언젠가 가족이 모두 외출하고 할머니가 혼자 집에 있을 때, 내가 똥꼬랑 놀다가
화분을 쓰러뜨린 적이 있었어. 할머니는 거실 바닥과 카펫 위에 떨어진 흙을
한참이나 치워야 했지. 그런데 치우는 내내 우리를 보고 미소만 지어 보이는 거야.
어떻게 이럴 수가…. 우리에게는 익숙하지 않은 반응이었어.
오늘은 내가 좋아하는 하비 소파에 앉아 졸고 있었는데 할머니가 다가오더니
내려가라는 손짓을 했어. 나는 따뜻하게 데워진 소파를 할머니에게 양보하고
차가운 바닥에 앉아 할머니가 뜨개질하는 모습을 바라보았지. 할머니는 나를
내려다보더니 소파에서 일어나 옆방에 있던 담요를 가져다 내 배 밑에 깔아 주었어.
담요는 얇았지만, 소파보다 훨씬 따뜻했어.

기념사진

오늘은 나의 동반자이자 완벽한 여개친 똥꼬와 나란히 기념사진을 찍었어.

취미 부자 하비가 또 새로운 카메라를 장만했는지 온 식구를 차례로 앉혀 놓고

사진을 찍어 댔지. 우리의 감각은 모든 면에서 인간보다 우월하지만,

시각만큼은 매우 떨어지기 때문에 사진을 보여 줘도 흐릿하게만 보일 뿐 별 의미도 없어.

그런데도 처음으로 함께 사진을 찍다 보니 똥꼬의 존재가 새삼스럽게 고마웠어.

어릴 때부터 남매처럼 아웅다웅하며 성장했고 이제 우리 둘 다 적지 않은

나이가 되었지. 똥꼬는 두 번의 출산으로 성숙한 어른 개가 되었고,

나는 여전히 하룻강아지처럼 철부지로 살고 있지만…. 지금이 행복해.

154

한 해가 저무는 밤

한 해가 저무는 밤. 몇 시간째 함박눈이 내리고 있어.

한 겹 두 겹 눈이 쌓여 가는 소리에 조용히 귀를 기울여. 인간이 듣지 못하는

아름다운 소리야. 이렇게 눈 내리는 밤이면 늘 저 아랫동네에 사는 시베리안 허스키의

기분 좋은 하울링 소리가 어김없이 들려와. 평소에는 멀어서 잘 들리지 않던 소리가

왜 눈 오는 밤에는 선명하게 들리는 걸까. 이유는 잘 모르겠지만,

덩달아 나도 기분이 좋아져. 한 번도 만난 적 없고 이름도 알 수 없지만

내가 만약 하울링을 할 수 있다면, 그 친구에게 목청껏 긴 화답을 해 주고 싶어….

지구에 살고 있는 많고 많은 인간과 수많은 개들 가운데
우리가 만난 건 보통 인연이 아닌 거 같아.
우리는 서로 언어가 달라서 충분한 소통은 어렵겠지만,
우리가 어떻게 다른지를 이해하는 것만으로도
함께 살아가며 서로에게 위안이 되어 주는 반려인과
반려견이 될 수 있다고 생각해. 개와 인간 모두가
함께 행복할 수 있는 보다 나은 세상을 위해
이 일기가 작은 보탬이 되었으면 좋겠어!

김충원 지음

명지대학과 김충원 미술 아카데미 등에서 오랜 기간
학생들을 지도했다. 30여 년 전 발표한
<김충원 미술교실>로 어린이 미술 교육의 새로운
방향을 제시하였고, <스케치 쉽게 하기> 시리즈로
많은 팬을 보유하고 있다. 서울대학교와
대학원에서 공부하였으며, 5번의 개인전과
250권이 넘는 다양한 분야의 서적을 집필한 바 있다.
지금은 서울 근교의 한적한 산 중턱에 마당 있는 집과 개인 작업실을 짓고
가족과 반려견과 함께 살며 회화와 조각을 포함한 다양한 창작 활동을 이어 가고 있다.

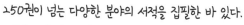

망치의 개그림 일기

인쇄 — 2025년 1월 14일
발행 — 2025년 1월 21일
지음 — 김충원
발행인 — 허진
발행처 — 진선출판사(주)
편집 — 김경미, 최윤선, 최지혜
디자인 — 고은정
총무·마케팅 — 유재수, 나미영, 허인화
주소 — 서울시 종로구 삼일대로 457 (경운동 88번지) 수운회관 15층
　　　 전화 (02)720-5990　팩스 (02)739-2129
　　　 홈페이지 www.jinsun.co.kr
등록 — 1975년 9월 3일 10-92

※책값은 표지에 있습니다.

ISBN 979-11-93003-62-6 03810